席琳

你愛過人嗎？

傑西

有。好了，下一個問題。妳覺得妳的 ——

席琳

等等。我們可以只用一個字來回答？

傑西

為什麼不行？

席琳

在我把自己頭一次性幻想說得那麼仔細之後？

傑西

這根本是兩回事。我可以詳細告訴妳我的性幻想，

那沒什麼。那要是我問妳感情的事呢？

席琳

我是不會說實話，但至少會編個很精采的故事。

傑西

看吧，愛情的事複雜多了。愛就像上帝一樣無所不在……

看得到，感覺得到，但不曉得會不會有人給我。

傑西
那我提議我們直接跳到我們自然而然開始接吻的那一刻 ──
也許是幾小時後吧,
在我們克服了尷尬閒聊一番之後 ──
把它挪到這裡,因為現在這一切都很完美。
這樣不只讓我們記得兩人的初吻,
還能記得這麼美的夕陽、摩天輪,還有維也納……

席琳走到傑西面前,伸手摟住他的脖子。

席琳
為什麼每當你想要我做什麼的時候,
就會開始講起時間旅行?

傑西
好吧,我想我們現在應該接吻。

席琳

他說動我了，但我想我跟他聊了一會後已有心理準備。

他很貼心。我們在用餐車廂時，他講起他小時候看到曾祖母的鬼魂。

單是想到這個小男孩，滿腦子美麗夢想的樣子 ——

我想，我就是那個時候對他動了心。他設下圈套擄獲了我。

而且他好可愛。他有很美的藍眼睛、好看的粉紅嘴唇，

還有油膩膩的頭髮。他有點高，也有點笨拙。

我喜歡在我別開頭的時候，感覺他停在我身上的目光。

而且他接起吻來有點像青少年。好可愛喔。

Before Sunrise

傑西

我可以直接回去，但就是沒辦法，我想多混一會兒。

我想逃跑，但不是回家。我不想見到熟人，不想說話，

只想當個沒人認識的遊魂。

我很好……棒極了，感覺又活了過來。我可以告訴你為什麼。

這是我在歐洲的最後一個晚上，而我遇到一個非常特別的人。

你聽過人們常說的「每個人都是某人的天使與魔鬼」吧？

嗯，她真的就像波提切利畫中走出來的天使，在生命之門那邊等我。

傑西

後來坐在她附近的一對怪夫妻吵了起來，她就往後面走，

正好坐在我走道對面的座位上。

我們開始聊天。我想她起先並不怎麼喜歡我。

她很聰明、熱情，長得又美 —— 我突然對自己一點信心也沒有，

覺得自己說的每句話都很蠢，很沙豬。

席琳

噢，老兄，要是我就不擔心。我確定她沒在心裡評斷你啦。

對了，她都決定坐在你旁邊啦。我確定她是故意這樣的。

我們男人最笨了，永遠都搞不懂女人。

以我對她們的那一點點認識來說，她們的行為一直滿怪的。

傑西

我覺得我們好像走在夢中世界一樣。

席琳

好怪喔。就像我們在一起的時間只屬於我們 ——

是我們自己創造出來的東西。

就好像，我在你的夢裡，你在我的夢裡。

傑西

是啊，我們今天晚上所做的一切原本都不該發生。

席琳

也許那就是這件事感覺那麼超現實的原因。

不過呢，等早上一到，我們就會變成南瓜。

傑西

哎，我不想談明天早上。

席琳

可是到了這個階段，我想你應該拿出玻璃鞋，

看看合不合我的腳了。

席琳

你不想再見到我了嗎？

傑西

不是，我當然想再見到妳。我是說，媽的，

如果現在要我選擇和妳結婚或再也見不到妳，我一定會娶妳。

我是說，也許這只是甜言蜜語，

但很多夫妻連甜言蜜語都沒有就結婚了，所以我想我們不會比別人差。

妳想和我做愛嗎？

席琳

唔，其實我下火車的時候，就已經決定要跟你上床了。

可在我們聊了這麼多之後，現在我也不確定了。

我幹嘛要把每件事都弄得那麼複雜啊？

傑西

我不知道。

席琳

你稍早講過，夫妻過了幾年以後，會因為能夠預測對方的反應，

或者對對方慣有的言行舉止覺得厭煩，而開始討厭對方。

我想，對我來說恰好相反。當我對他的一切瞭若指掌 ——

他頭髮怎麼分線，他那天會穿什麼襯衫，

知道他在特定狀況下會說什麼故事，我想我就能陷入愛河。

我確定到了那個時候，我就知道自己真正戀愛了。

傑西只是笑笑地看著她，接著又緩緩抬頭仰望天空。

席琳

不，那樣太戲劇化了——假設會死的只有我們兩個。

我們會談談你的書、環境問題，還是……告訴我你會說些什麼。

傑西

如果今天是我們的最後一天？

席琳

很難吧？

傑西

我肯定不會再聊我的書，可能也不會談環保……

席琳

好吧。

傑西

但我不介意聊宇宙的奧祕，只不過希望是在旅館房間裡聊，

在我們瘋狂做愛之間的空檔。我想和妳一直做到斷氣。

席琳

哇。那幹嘛不乾脆到那邊的長椅？何必浪費時間上旅館？

傑西立刻抓著席琳，將她拉到一張長椅上，讓她坐在他大腿上。
席琳頓時一陣羞怯。

席琳

你知道嗎，就像我記得你的鬍子帶點紅色，

那天你離開以前，早晨的陽光讓它微微發亮。

我想念那個。哎，我真的瘋了。

傑西

現在我很確定自己為什麼寫那本笨小說了——

因為妳可能出現在巴黎我的簽書會上，

讓我有機會問妳：「嘿，妳到底跑哪兒去了？」

席琳

老實說，你本來就以為我今天會來嗎？

傑西

我不是開玩笑——我覺得我寫書就是為了找到妳。

席琳

我知道那不是真的，可是這樣說很貼心。

傑西

我覺得是真的，不然妳想我們重逢的機率有多高？

席琳

過了那年的 12 月，我會說我們再見的機率幾乎是零，

但反正我們又不是認真的。

我們只是那位老太太夢境裡的角色——

她臨終躺在床上幻想自己青春年少的時候，

所以我們當然必須再相見。

傑西的聲音忽然變大，而且比以往都挫折和絕望。

傑西

天哪，妳為什麼沒去維也納？！

席琳

你知道原因了啊！

傑西

我知道，我是說我真希望妳去了，

這樣我們的人生或許會大大不同。

席琳

你真的這麼想？

傑西

是啊,我真的這麼想。

席琳

也許不會。也許我們到最後會恨死對方。

傑西

拜託,我們現在有恨對方嗎?

席琳

也許我們只適合短暫邂逅,

在氣候暖和的時候,結伴在歐洲城市四處散步。

傑西

唉,我們當時為什麼不交換電話號碼或其他聯絡方式?

席琳

因為我們那時候年輕又愚蠢?

傑西

我們現在還是嗎?

席琳

我想，人在年輕的時候，相信未來會遇到很多跟你心靈相通的人。

可是人生走到後來才領悟到，那只會發生區區幾次。

傑西

而且你很可能搞砸而斷了連結。

席琳

唔，過去就過去了。本來就應該那樣，對吧？

傑西

妳真的那樣想嗎？相信一切都是命中注定？

席琳

不，我沒忘記你，這點讓我很生氣。

你來到巴黎，一副浪漫瀟灑的模樣，還結婚了。去你的！

請別誤會——我不是想得到你或幹嘛。我只是需要一個結婚對象。

那些都是過去的事了，甚至再也跟你無關。

重點是那段時光，在時間裡永遠消失的那一刻。

傑西

妳說了一大堆，可是妳連我們做過愛都不記得了。

席琳

我當然記得。

傑西

妳記得？

席琳

講到那種事，女生都會假裝的。

我應該說些什麼——難道要我說，我記得在公園裡啜飲著酒，

一面抬頭望著太陽升起和漸漸隱去的星辰？

我們甚至做了兩次，你這白痴。

傑西

妳知道嗎？我真的很開心能見到妳，

就算妳已變成易怒、暴躁又抑鬱的激進份子，

我還是喜歡妳，喜歡跟妳在一起。

席琳

我想在這裡測試一件事。

她靠向傑西，給了他一個良久的大擁抱。

席琳

我要看看你會不會融解成分子，還是會保持原狀。

傑西幾乎全身顫抖。

傑西

結果如何？

席琳

還在這裡。

傑西

很好，我也喜歡在這裡。

席琳

噢，這是我的貓。看看牠——牠好可愛。

我愛這隻貓的地方是，每天早上我帶牠下樓到中庭來。

每個早晨，牠都好像是頭一次看到這一切——

每株植物、每棵樹、每個小角落。

牠會用牠可愛的小鼻子嗅嗅每樣東西。

我愛我的貓。

傑西

牠叫什麼名字？

席琳

切。

傑西

共產黨！

席琳

「切」在阿根廷的意思是「嘿！」。

席琳
我是說，初戀對象，你還記得是誰嗎？

傑西
呃，沒錯，我記得，就是妳。

席琳
噢，拜託。說得好像你23歲還是處男似的。我才不——

傑西
不是，妳說「初戀」，不是第一次性經驗，好嗎？

席琳
OK，好吧。說得好像我是你第一個愛上的女人？

傑西
對啊，算是吧。妳是頭一個我覺得心靈相通的女人，肯定的。

席琳
我不認為。

傑西
什麼，難道我不是妳的初戀？

席琳（停頓）
當然不是。

傑西

所以，再見了，古代遺跡，反正也沒什麼好看的。

席琳

噓！看過一個，就等於看過全部！
噢我的天，我們是差勁的父母。我們應該停車的。

傑西

哎，沒關係啦。

席琳

那是文化。別這樣，回頭吧。

傑西

我們得教這兩個小姑娘一點做人的道理，妳懂我意思嗎？

席琳

是啦，是啦。

傑西

我們正在教她們寶貴的一課，好嗎？人生只要貪睡就會錯過好東西。

席琳

等女兒們吸了古柯鹼跟安非他命十年，進感化院戒毒的時候，她們會
說，「噢，都是因為老爸以前總是告訴我們，『打個盹就會錯失良機』，
所以我們從來都睡不安穩。」那又是你的錯了。

傑西
謝謝！我們大約18年前認識，有點算是一見鍾情，
但後來失去聯繫，十年後又巧遇了。

席琳
不，不，不，我們不是巧遇的，親愛的。

傑西
不是嗎？

席琳
不是。你寫了本書，「靈感」來自我們的相遇……

傑西
對啦，沒錯……

席琳
我讀到了這件事，就跑去找這本書。

安娜
滿浪漫的。

傑西
確實很浪漫。

席琳
其實不算，其實不算。他竟然沒提自己已經結婚，而且還有個孩子……

席琳

噢，就現在這樣啊。我們，一面散步，一面聊天……

傑西

喔，是啊。

席琳

……聊行程、三餐、工作以外的事情。

傑西

是啊，沒錯，我們已經多久沒有散步閒聊了？

席琳

你聽到我聽到的東西了嗎？

傑西

妳說海的聲音嗎？

席琳

不是。

傑西

什麼？哦！沒有小孩的聲音，

沒有東西打翻需要清理，也沒有誰喊不公平。

席琳

對。多久沒這樣了？

席琳

如果我們今天頭一次在火車上相遇，你會覺得我很迷人嗎？

傑西

那還用說。

席琳

不，可是說真的，就我現在這個樣子？

你會開口跟我聊天嗎？你會邀我跟你一起下火車嗎？

席琳和傑西相視而笑。

傑西

嗯，我覺得妳問這個完全是假設問題。我是說，我怎麼知道我的狀況是

怎樣？而且如果我那樣做，不就等於背叛妳了嗎？

席琳

OK。你為什麼不就直接說「會」？

傑西

不對，我有說啊，我不是說了「那還用說」嗎？那就表示──

席琳

不－不－不！我要你說點浪漫話，結果你搞砸了。

傑西

喔，好吧。好吧，慢點──我如果在火車上看到妳，

聽著，我一定會目不轉睛看著妳。

席琳

啊！我想那時候還年輕，有點病態——

我是說，在那個年紀你會覺得死在愛人身邊這種事很浪漫。

傑西

那妳想和我一起死嗎？

席琳

也許吧，你知道，如果是我們在一起的頭一個晚上。

話說回來，那都是陳年往事了。

可是如果是現在，不了，我想活下去。

傑西

欸，我只是希望妳講點浪漫的，妳竟然不捧場！去你的！

席琳

噢，不！可惡，我搞砸了。

好吧，等我們兩個活到98歲，到時你再問我一次，

可是在那之前……不可能。（小聲說）抱歉。

席琳

對，我知道你這麼覺得，新書巡迴先生，希爾頓大飯店先生。

我知道你到華盛頓新書發表會那一次，

那天晚上你的手機據說是壞掉了──還真是時候。

拿我們的孩子發誓，你沒跟書店那個女生亂搞。艾蜜莉。

對我發誓，你沒跟那個艾蜜莉小妞打炮。

我不是嫉妒，因為我不是善妒的人，可是就是想知道，

像個男人，勇敢承認真相吧。

傑西

我把我的人生都給妳了，好嗎？

已經沒別的可給了，也沒有給別人。

妳如果想否定我，我是不會允許的。

我愛妳，我對這點沒有絲毫糾結，好嗎？

但妳如果希望我像列清單那樣，列出妳所有讓我不爽的地方，

那沒問題。

席琳

嗯──我想聽。

傑西

好！呃，那我們就從頭開始，可以嗎？

首先，妳根本就是個瘋子，絕對是。

妳最好找得到其他人可以忍受妳超過六個月。

但我呢，我照單全收，瘋子的妳和聰明的妳都接受。

我知道妳不會改變，我也不希望妳改變。這就叫接受妳本來的樣子。

席琳

好了，傑西，這個蠢遊戲能不能結束了？

我們不在你的故事裡面，好嗎？

我之前在房間裡講的話，你聽到了沒有？

你聽進去了嗎？

傑西

有，我聽到了──妳說妳不愛我了。

我認為妳不是那個意思，但如果是，那就去它的吧。

妳知道嗎？妳就跟我們兩個女兒和其他人一樣，希望活在童話裡。

我只是想挽回一點局面，好嗎？

我跟妳說我無條件愛妳，說妳很美，說妳的屁股到了80歲依然誘人。

我是想逗妳笑，好嗎？

我忍受妳一堆臭脾氣，妳要是覺得我像狗，

永遠會回來找主人，那妳就錯了。

但如果妳想要真愛──這就是了。

這就是現實人生，不完美，但很真實。

妳要是看不出來，那妳就是瞎子。

好吧，我放棄了。

愛在黎明破曉時
愛在日落巴黎時
愛在午夜希臘時

愛在三部曲
25週年典藏版
經典全劇作
精美劇照

before sunrise
sunset
midnight

Richard Linklater & Kim Krizan & Julie Delpy & Ethan Hawke

愛在黎明破曉時＋愛在日落巴黎時＋愛在午夜希臘時

【愛在三部曲25週年典藏版】，經典全劇作＋精美劇照

作　　　者	李察·林克雷特（Richard Linklater）、金·克里桑（Kim Krizan） 茱莉·蝶兒（Julie Delpy）、伊森·霍克（Ethan Hawke）
譯　　　者	穆卓芸&謝靜雯
總 編 輯	曹　慧
主　　　編	曹　慧
編 輯 協 力	陳以音
裝 禎 設 計	林小乙
內 頁 版 型	Together Ltd.
內 頁 排 版	思　思
行 銷 企 畫	林芳如
出　　　版	奇光出版／遠足文化事業股份有限公司 E-mail: lumieres@bookrep.com.tw 粉絲團：https://www.facebook.com/lumierespublishing
發　　　行	遠足文化事業股份有限公司（讀書共和國出版集團） http://www.bookrep.com.tw 23141 新北市新店區民權路108-4號8樓 電話：(02) 22181417 郵撥帳號：19504465 戶名：遠足文化事業股份有限公司
法 律 顧 問	華洋法律事務所　蘇文生律師
印　　　製	呈靖彩藝有限公司
二 版 一 刷	2020年10月
二 版 六 刷	2024年4月15日
定　　　價	550元
I S B N	978-986-99274-3-7　書號：1LSC4006

國家圖書館出版品預行編目（CIP）資料

愛在黎明破曉時＋愛在日落巴黎時＋愛在午夜希臘時：（愛在三
部曲25週年典藏版），經典全劇作＋精美劇照 / 李察·林克雷特
（Richard Linklater）等劇本；穆卓芸, 謝靜雯譯. -- 初版. -- 新北市；
奇光出版：遠足文化發行, 2023.8
　面；　公分
譯自：Before sunrise & before sunset & before midnight

ISBN 978-986-99274-3-7（平裝）

874.55　　　　　　　　　　　　　　　109014896

線上讀者回函

Contents

【名家推薦】

◆Kristin｜Let Me Sing You A Waltz版主

　　《愛在三部曲》代表著每個人必經的三階段感情觀，也定義了我目前為止的人生，從人與人之間的無限可能，過渡到人與人之間的應有模樣，接著迎來人與人之間的真實景況，走過浪漫極致的童話，也有無從改變的困境，活在拂曉、夕陽直至夜幕壟罩，此時繁華落盡，這對情侶帶著我們見識愛情的弱不禁風，也淬煉出平淡幸福滿布刮痕的純粹與真摯。

◆藍祖蔚｜影評人

　　雕刻時光是一句美麗的語詞，卻也是很艱難的創作旅程。美國導演李察・林克雷特是我敬佩的時光雕刻師，不管是用18年完成《愛在三部曲》的書寫，或者磨足12年才雕刻完成《年少時代》，每一格底片的背後都有時光印痕，亦有創作火花，逐字細讀，撩想的是當年看片時的興味盎然，以及創作成員的火花激射。見證傳奇，得悉傳奇，都是幸福。

◆羅傑・艾柏特（Roger Ebert），影評

　　《愛在黎明破曉時》呈現了機智對話的迷人之處，令人印象深刻，但《愛在日落巴黎時》更上一層樓。也許因為男女主角年紀大了，也更睿智了，也許因為他們能失去（或得到）的東西更多，也可能因為對白是伊森・霍克和茱莉・蝶兒親自寫的，總之第二部比第一部更精采。

【媒體好評】

◆《紐約時報》

　　席琳和傑西在《愛在午夜希臘時》並未結婚，這也正好說明他們的關係脆弱，他們的結合帶有缺陷本質。我們認識他們很久了，他們也認識彼此很久了，但我們不知道的是，從此刻到下一瞬，他們的未來會是如何，又是什麼支持著他們前進。大多數電影都避免這種人生上的不確定性和令人恐懼的事實。我們更喜歡魔法般的俐落結局、齊整情節和清晰的角色塑造。《愛在午夜希臘時》是個美妙的悖論：這部電影致力於打造一種理想的不完美，卻讓作品本身近乎完美。

◆《衛報》

　　對某個年齡層的人來說，茱莉・蝶兒和伊森・霍克在過去20年間慢慢搬演的銀幕愛情故事，已是我們觀影生活的一部分。

◆《滾石》雜誌

從《愛在午夜希臘時》第一幕到最後場景，伊森‧霍克和茱莉‧蝶兒有如穿著第二層皮膚般詮釋角色，繽繹得閃閃發光。林克雷特巧妙地追蹤了他們在爭吵言辭間的情緒擾動。儘管屢獲獎項肯定的劇本捕捉到了愛的狂熱和短暫，對白針針見血，它還是對人類的失敗有著不可磨滅的寬容。

◆《洛杉磯時報》

《愛在日落巴黎時》比前作更深邃、更真實。導演林克雷特拍出這樣的片子，讓人繼續對美國電影懷抱信心。

◆《滾石》雜誌

伊森‧霍克和茱莉‧蝶兒在說出口和未說出口的話語中尋求藝術、情欲和細微的含義，兩人的演技實在出色。

◆《英國觀察家報》

伊森‧霍克和茱莉‧蝶兒兩人都很傑出，表演很有深度，和上一部片一樣真實深邃，而不僅只是林克雷特電影中的虛構人物。他們這回和林克雷特合寫劇本，顯然將兩人過去十年的經歷放入各自詮釋並為之著迷的角色之中。

◆《紐約時報》

《愛在黎明破曉時》的對白就像所有馬拉松對話一樣起伏跌宕，精采萬分，充滿令人卸下心防的雋永見解。導演顯然希望如此，讓年輕男女主角嘗試各種想法及態度，就像試新衣服一樣。

◆《華盛頓郵報》

《愛在黎明破曉時》不是大製作，也沒有大企圖，但精采程度遠遠超過一般電影裡二十多歲男女主角談的那種無聊愛情。這部片子至少將年輕人當成有血有肉的真實存在。

◆《洛杉磯時報》

《愛在黎明破曉時》嘗試在主流青年電影裡頭加入更多感情與神祕感，而且大獲成功。

◆《娛樂週報》

小片也能和大片一樣大膽。林克雷特以其特有的隨性態度，在這部片中大走鋼索，而且不用安全網。《愛在黎明破曉時》的對白機鋒百出，可能是美國電影當中最接近法國導演侯麥的片子。

推薦序一
愛在美好的未來

瞿友寧，導演

　　隨著年紀又走了一點，我們的愛又過了幾年，現在的你好嗎？

　　很少有三部電影，或說根本是一部人生的電影，串起了伊森・霍克和茱莉・蝶兒的人生，隨著第三部曲《愛在希臘午夜時》的劇本書出版，我又重新從文字中咀嚼他們的愛情，像是經歷了一場跨越18年的愛情故事，人生，有幾個18年的愛情？又有多少愛情可以堅持到18年？

　　最近大家流行說「像極了愛情」，只要在每句話之後加上這一句，就可以成為一首詩了……真的嗎？

　　我真的受夠你了，這些天來我根本受不了你的脾氣，我要的浪漫你根本不懂，我希望你少把那些工作的壓力帶給我，我不是你的下屬，更不是你頤指氣使的荒謬跟班……像極了愛情

　　有像詩了嗎？

　　好像當愛情摻入了生活的瑣碎與煩惱，越來越不純粹時，那份單純的浪漫就不容復存，只有默默接受與認命。我在多年前初看《愛在希臘午夜時》時，看完心好痛，我之前看的浪漫呢？怎麼到最後還是得蕩然無存？然而這次重讀劇作，我反而開始享受那份喋喋不休、那份共同面對生命難題與生活無情下的兩個人，在默契與互鬥中找到了兩人的浪漫。來看看書裡擷取出來的文字片段：

　　席琳：好啊，OK。你知道怎樣？我每天晚上都待在家，我煮晚飯、替她們洗澡、念床邊故事。有時候你在，有時候你去大學參加活動，或是新書巡迴宣傳，好嗎？你「靈思泉湧」就自顧自埋頭寫作。我有時候也有靈感啊，你知道嗎？

　　傑西：妳想寫東西？好啊，妳就寫啊。

席琳：不，可是你記得我以前會唱歌、彈吉他跟寫歌吧？我還是想做那些事。可是我沒辦法——就是沒時間。

我們曾幾何時，為了很多事丟棄了浪漫，忘了自己，失去了造愛的本能，那通常是因為我們把自己綁得太緊，少了喘息的空間，愛情不是失去自我，更應該保有自我，成為兩個浪漫共舞的靈魂，不是嗎？

然後，不要忘了，過去經歷過的一切，其實都曾經那麼美好，為什麼我忘了回憶？只陷在現下無窮痛苦的輪迴呢？還有未來，它為什麼如此令人驚喜，就在它的未知與可能改變，如果我們的愛情坐著時光機穿梭，那會更跳脫地去看彼此的愛情。就好像我現在真的很喜歡這部電影最後的段落，傑西說他是坐著時光機從未來來到這個世界，他帶了一封信，是未來的席琳寫給現在的席琳，席琳對這樣的浪漫無動於衷。然而，不可抗拒，這像男孩般淘氣的中年傑西，還是帶著心愛的席琳，透過信的文字，坐了一趟時光旅行。啊！多浪漫，不年輕卻雋永的有故事的浪漫，愛情一起走了許久之後，這樣的浪漫才會湧現。書上最後幾句是這樣寫的：

傑西將餐巾信揉成一團扔到桌上。之後兩人很久都沒有說話，只是偶爾看一眼對方，彷彿在整理過去到現在發生的一切。

席琳：那架時光機呢？

傑西：什麼意思？

席琳：怎麼運作？

傑西：唔⋯⋯很複雜。

席琳：脫光衣服才能操作嗎？

傑西心情轉變了。鏡頭開始緩緩拉遠，兩人繼續聊天。

這不只是對白書或劇本書，這是我們一起經歷過的一場愛情，故事結束了嗎？我不知道，但是這樣的結尾，讓我對於人生的愛情又充滿想像……

推薦序二
愛情的三態

陳德政，作家

所有這些，所有這些我們談論的愛情，只不過是一種記憶罷了。
甚至，可能連記憶都不是。

——瑞蒙·卡佛，《當我們談論愛情時我們在談論什麼》

我們認識傑西與席琳，一如他倆認識對方的時間，已經有好多年了。

倘若你是人生中所有重大的「第一次」都發生在90年代的X世代，你的朋友之間或許有些人，已經按圖索驥照電影中的場景，走了一趟維也納或巴黎。

推開這扇門，是他們在《愛在黎明破曉時》聽著Kath Bloom唱片的Alt & Neu唱片行（是的，過了這麼多年，它仍開著）；走進那家Café Sperl，雙人桌旁是他們假裝打電話給一個遠方朋友的位置，就在這裡，席琳對她巴黎的朋友說：「我想，我對他動了心。」

你繼續跟著兩人的足跡來到金黃色的巴黎，在莎士比亞書店前想像他們重逢的場面。你和旅伴沿著左岸漫步——對了，這兩部電影是你們初識時最早談論的文化項目之一，你們都很欣慰對方看過，並且喜歡，猶如通過考核般其他很多事也就不用再問了——無論是繼續散步或登上渡輪，你們會看見重建中的聖母院。

傑西與席琳在《愛在日落巴黎時》遊歷塞納河，當他們在船上眺望聖母院，傑西說了一則二戰時的故事：當時德軍攻占巴黎，負責爆破的士兵不忍心炸掉聖母院，因為它太宏偉了，太美麗了，一個有理智的人，是下不了手去摧毀它。

席琳聽完，黯然地回應道：「這是個很棒的故事，但你不免會想，聖母院有一天終將消失。」

世間有不會消失的東西嗎？愛情是否為其中之一？當兩顆陌生的星體摩擦出的激情與吸引力在時間中褪去，愛情最終還剩下什麼？是否它將化約成記憶與夢境，前者很不可靠，而後者很不真實。《愛在午夜希臘時》的席琳在古城晃遊時，對她身旁的傑西傾訴了不再年輕的存在危機——是我們變了，或者世界變了？

這些古老的提問，自從人類發現了「愛」這項神奇物質後便不斷擾動著一代代少年、中年乃至老年，很難用三言兩語解釋得清，也許，它的本質就是解釋不清的，可是透過電影這種奇幻的載體，能在觀者和文本間創造出一個鏡像時空，以時間為線索，連結著戲裡戲外的夢、記憶與浮想。

是啊，時間，《愛在黎明破曉時》相遇的青春，九年後成了《愛在日落巴黎時》重逢的故友，而再過九年，當初在火車上討論著「夫妻隨著年紀越大，越會失去互相傾聽的能力」的傑西與席琳，不由自主地變成了他們不想成為的大人。

「妳能當我的朋友兩秒就好嗎？讓我們溝通一下。」傑西在《愛在午夜希臘時》那場激烈的爭吵中，哀求似的請席琳聽他好好把話說完。曾經他倆躺在維也納的草地上，看著星空，祈禱這個夜晚直到永恆，期盼當彼此一輩子的朋友，如今，他們只需要對方的兩秒鐘。

從少年、青年到中年，從自由、希望到現實，從浪漫、徬徨到世故，《愛在三部曲》忠實呈現出愛情的三態，讓觀者在同步進行的時間內對照自己生命的軌跡、自己的變與不變，並一次又一次地，重新探索那座內心的市鎮。

那座市鎮或許不如從前舒服了，不如從前洋溢著新鮮的草香與新家

具的氣味,但在生活的屋簷下,始終住著一個懂你的人——理解、連結並共享,是《愛在三部曲》最深的內涵,這個世界並沒有所謂完美的關係,日常的陪伴,已是至高的浪漫。

三部曲終了前,傑西使了一招他擅長的把戲(他當初就是這樣把席琳給騙下車的),他化身為時空旅人,向席琳宣讀一封來自未來的信。如果我是傑西,而且那台時光機可以航向過去並有多餘的空間,我想召喚回1994年夏天在維也納河畔抽菸的吟遊詩人。

請他拍掉身上的風霜,帶著靦腆如昔的笑容,再讀一遍那首甜如奶昔的詩給我們聽:

妳不知道我來自何方
我們不曉得將去哪裡
擁抱生命,就像河上的樹枝
順流而下
隨波逐流

愛在黎明破曉時

Before Sunrise

導演
李察‧林克雷特

編劇
李察‧林克雷特 & 金‧克里桑

演員

傑西	伊森‧霍克 飾
席琳	茱莉‧蝶兒 飾
火車上的妻子	Andrea Eckert 飾
火車上的丈夫	Hanno Pöschl 飾
卡爾	Karl Bruckschwaiger 飾
泰克斯	Tex Rubinowitz 飾
賣花女	Erni Mangold 飾
流浪詩人	Dominik Castell 飾
酒保	Haymon Maria Buttinger 飾
歌手	Harold Waiglein 飾
肚皮舞孃	Bilge Jeschim 飾
鼓手	Kurti 飾
咖啡館客人	Hans Weingartner 飾
咖啡館客人	Liese Lyon 飾
咖啡館客人	Peter Ily Huemer 飾
咖啡館客人	Ptto Reiter 飾
咖啡館客人	Hubert Fabian Kulterer 飾
咖啡館客人	Branko Andric 飾
咖啡館客人	Constanze Schweiger 飾
咖啡館客人	John Sloss 飾
咖啡館客人	Alexandra Seibel 飾
咖啡館客人	Georg Schollhammer 飾
咖啡館客人	Christiam Ankowitsch 飾
咖啡館客人	Wilbirg Reiter 飾
船上樂手	Barbara Klebel 飾
船上樂手	Wolfgang Staribacher 飾
豎琴家	Wolfgang Glüxam 飾

畫面淡入。

1 室內：火車，下午

歐洲聯營火車往前疾駛。車廂內的乘客有的睡覺，有的看書，有的靜靜望著窗外，還有人在走道走動。二十多歲的年輕女子席琳蜷著身子，窩在座位上讀喬治・巴塔耶[1]的小說《眼睛的故事》。她長相非常迷人卻很低調，刻意素顏，穿著寬鬆的舊洋裝和平底鞋，專心讀著小說，不時啃一口巧克力棒。在她後面四排的走道另一側坐著一個同樣二十多歲的年輕人，傑西，正沉浸在克勞斯・金斯基[2]的回憶錄《我只需要愛》中。他穿著一般的牛仔褲和T恤，感覺休閒好看又有點邋遢。一對四十多歲的夫妻坐在席琳正後方，原本低聲爭執，忽然用德語大聲吵了起來。丈夫用報紙遮著臉，妻子狠狠拍了報紙一下。

妻子

你可以把該死的報紙放下來，聽我說話嗎？

丈夫

我剛才這半小時是在發呆嗎？
妳可不可以閉嘴，拜託？

妻子

你才閉嘴！你竟然敢叫我閉嘴！
每次都這樣，我真不敢相信一

---

1 喬治・巴塔耶（Georges Bataille，1897-1962），法國哲學家，解構主義、後結構主義、後現代主義等當代思潮先驅。作品前衛顛覆，代表作《眼睛的故事》的情色描寫極具爭議性，挑戰文明極限。
2 克勞斯・金斯基（Klaus Kinski，1926-1991），德國演員，表演狂放，性格暴烈，代表作有與導演韋納・荷索合作的《天譴》、《陸上行舟》等。

丈夫

跟妳說閉嘴！我已經把報紙放下來了，閉嘴！

席琳忽然起身，抓起行李開始找座位。她往後走了幾排，找到一個座位，正好隔著走道在傑西的另一側。坐下之前，她和傑西匆匆交會了一下目光，兩人都搖頭微笑，心想怎麼會遇上這種緊繃的場面。席琳才剛坐定拿起小說要讀，那位妻子就起身沿著走道衝了過來。席琳和傑西看著她從他們面前走過，兩人目光再次交會。傑西做了一個「這下糟了」的鬼臉。

傑西

妳知道他們在吵什麼嗎？妳會講英文嗎？

席琳

會。可是不，我不知道。我的德文沒那麼好。

（停頓片刻）

你有沒有聽過，夫妻隨著年紀越大，越會失去互相傾聽的能力？

傑西

真的？

席琳

據說男人會失去聽到高亢的聲音，女人最後會失去聽到低音的能力。我猜他們多少會互相抵銷什麼的。

傑西

一定是老天爺設計的，我猜這樣夫妻才能長久相處，不會殺了對方。

兩人之間有一點尷尬，不曉得該不該繼續聊天。她又低頭開始看書，但他一直望著她。

傑西（接著說）

妳在看什麼？

席琳舉起書讓他看清楚。

席琳

那你呢？

傑西讓她看他在讀什麼。兩人都對對方在讀的書沒什麼概念。

席琳（接著說）

火車上有一堆怪人，對吧？上星期我去布達佩斯的路上，跟四個人一起坐在用餐車廂聊天，結果其中三個都殺過人。

傑西

不會吧？

席琳

真的。一個是打過仗的退役軍人，一個殺了她男友，另一個則引發嚴重車禍。

傑西

所以那裡頭只有妳沒殺過人？

席琳

不是，我是其中一個。你想是哪個？

她笑了。傑西遲疑片刻，接著也笑了。

                            傑西

我懂妳的意思，我也在火車上遇過怪人。前幾天，有個
英國佬坐在我對面，一直用身體猛撞椅背，大聲叫我們
做同樣的動作讓火車停下來，還說：「各位，我們可以阻
止科技前進，讓我們一起⋯⋯」

                            席琳

所以發生什麼事了？

他示範身體猛撞椅子的動作。

                            傑西

妳知道的嘛，我和幾個傢伙試了一會兒，但科技並沒有
停下來。

剛才衝出車廂的那位妻子又衝了回來，兩人在他們面前繼續吵架。

                        傑西（接著說）

我想去用餐車廂坐一下。妳要去嗎？

                            席琳

還是去好了。

兩人起身走到車廂門前。傑西摁了開門鈕，車門應聲開啟。他朝她伸出
手。

傑西

喔,我叫傑西,其實是詹姆士,但從小大家都叫我傑西。

席琳

是傑西‧詹姆斯嗎?

傑西

不是,就傑西。

席琳

我叫席琳。

兩人走出車廂,席琳摁了下一節車廂的開門鈕,但兩人都沒有動,不曉得是誰幫誰開門。接著席琳先往前走,傑西跟著她走進車廂。

2 室內:用餐車廂,下午

兩人坐在桌前吃著薯片,輪流喝一杯飲料。

傑西

妳的英文怎麼講得這麼好?

席琳

我在洛杉磯上過一個夏天的課,也在倫敦待過一段時間。那你的英文又為何講得這麼好?

傑西

我是美國人。

席琳

我知道。我是開玩笑的啦。我知道你是美國人，而且肯定不會講別的語言。

傑西

對對對，我是愚蠢、粗俗又沒文化的美國人，但我努力過。我跟妳說，我學過四年法文。我很努力，也準備好了。我在巴黎地鐵站排隊的時候，心裡不斷重複：「Un billet, s'il vous plaît. Un billet, s'il vous plaît.」（麻煩一張票）。結果等我走到窗口看到售票小姐，整個人卻呆掉了，直接說：「喔，呃，我要一張地鐵票。」從此再沒說過法文。

（停頓片刻）

所以，妳要去哪裡？

席琳

要回巴黎。我下星期開學。

傑西

妳念哪一間學校？

席琳

索邦。你知道嗎？

傑西

我當然知道。但妳之前在布達佩斯？

席琳

對啊，我去看我奶奶。

傑西

她好嗎？

席琳

還好。你呢？──你要去哪？

傑西

維也納。

席琳

去那邊幹嘛？

傑西

我也不曉得。我的班機明天早上從那裡飛。

席琳

你在度假嗎？

傑西

我也不曉得我在幹嘛，只是隨意亂晃，晃了兩、三個禮
拜。

席琳

你是去拜訪朋友，還是自己到處逛逛？

傑西

我到馬德里找一個朋友，待了幾天，但大部分時間……

（另起話題）

我買了一張歐洲火車聯票，妳知道隨處亂晃最棒的地方
是什麼？你花時間前往某個地方，到了之後左看右看，

發現跟期望的不一樣，於是就換別的地方，希望下個地方會更好。

席琳

就像準備參加派對，到了現場卻睡著了。所以我旅行的時候，都會有點強迫自己別對任何地方或任何人抱著期待。那樣的話，不管發生什麼事，都會是驚喜。連最微不足道的事，都會變成探討不完的有趣主題，對吧？

傑西

這就是我喜歡旅行的地方——光是坐在某個地方，跟有趣的人聊天，看看美麗的東西，讀一本好書，就覺得一天沒有白過。換成在家裡做這些事情，別人只會覺得你游手好閒。

席琳

我喜歡那種想法。可是，就像我最愛的美國作家。他們描述的一切是你不會想親自經歷的，可是你卻停不下來，就是想繼續閱讀這個刺激、無趣的人生。

傑西

所以妳主修什麼？

席琳

文學。可是我還沒決定自己真正想做什麼。

傑西

妳想寫作嗎？

> **席琳**
>
> 想啊，不過……
>
> （另起話題）
>
> 幾年前我有種執迷，就是想創造一種新的表達形式。當然是個抽象最後也失敗了的探索，可是我那時候覺得大家已經用光了所有的藝術形式。我特別排斥言語。感覺都生鏽了，髒兮兮的。言語曾經用來達到邪惡至極的目的。有時候，你知道的，語言是那麼的有限。就像……如果你認真想想……

她把雙手往周圍大大展開。

> **席琳**（接著說）
>
> 這是個人的心理經驗跟認知，然後……

她把雙手收攏起來，比出一個小圓圈。

> **席琳**（繼續說）
>
> 語言能表達出來的，就只有這麼多。我們有很多印象就是沒辦法用言語傳達。

她分開雙手，指指外側的大圓圈。

> **席琳**（繼續說）
>
> 所以我們這輩子的大部分時間，永遠都沒辦法對別人表達自己。

兩人沉默了好一會兒，不曉得要說什麼。忽然傑西笑了，假裝要起身。

傑西

所以⋯⋯就這樣囉。很高興不跟妳溝通了。

兩人都笑了。

傑西（接著說）

不過說真的，我大致同意妳的說法，也許人生就這麼可悲，但我想對我來說也還好。或許這樣講不對，但我覺得女人比男人更受不了缺乏溝通。

席琳

對，因為男人只要整天坐在電視前面，喝啤酒看運動節目，就心滿意足了。

傑西

對，沒錯，但妳有試過嗎？我有一回跟一個朋友試過。我們喝啤酒，吃薯片，看了兩場球賽，好幾年沒有那麼興奮過。從某方面來說，這是鴕鳥心態，但從另一個角度想，我覺得那就像某種部落行為，一定有它的意義在。

席琳

其實我同意你的看法耶。我還滿喜歡運動的。是男人難得會被當成愚蠢的欲望對象的時候⋯⋯開玩笑的啦。所以你還沒跟我說你是做什麼的。還在念書嗎？

傑西

沒有，我大學沒畢業。

席琳

你在工作了嗎？

傑西

我跟大家一樣有份爛工作。

席琳

很無聊嗎？你不快樂嗎？

傑西

不會，那工作挺稱頭的。薪水不多，工作量也不算多。

席琳

那是什麼工作？

傑西

我替一家報社寫東西，《沃斯堡星電報》，還滿能夠讓我
自由發揮的，所以還不壞。

席琳

所以你在寫作囉？

傑西

算是吧。

席琳

這趟旅程對你還好嗎？

傑西

算吧。我是說，這趟旅行爛透了，但連續幾天坐火車欣賞窗外的風景，其實滿棒的。

席琳

什麼意思？

傑西

要不是這樣坐火車，我就不會想到那個點子了。妳想聽嗎？

席琳

好啊。

傑西

我有幾個朋友是有線電視製作人——妳知道，這年頭誰都能做節目，做好就可以播。我這個點子讓我很興奮。我想做一個節目，為期一年，每天24小時播放，方法是在全球各地找365個製作人，叫他們每人拍一支24小時的紀錄片，當場拍下他們一天的生活，例如起床、好好沖個澡、喝咖啡、看20分鐘報紙、開很長的路去上班之類的。

席琳

你指的是大家每天生活都要做的、無聊又世俗的事情嗎？

傑西

我本來要說日常生活的詩意的。我是說，為什麼一隻狗在太陽下睡懶覺妳會覺得牠好棒，一個男的去提款機領錢妳卻覺得他很蠢？

席琳

所以不管一天當中的什麼時刻打開電視，都能看到其他人同一時間在做些什麼。

傑西

沒錯，就像過著平行時空的生活一樣。

席琳

太棒了。我以前跟幾個朋友合住一間大公寓，從窗戶可以看到其他十間公寓。我會把燈關掉，坐在窗邊，看著他們坐在沙發上無所事事。好有意思。

傑西

就是這樣。生活其實沒那麼戲劇化，我們都在做同樣的事，在阿拉伯到市場買菜就跟在邁阿密到超市買菜一樣。大家都覺得自己少了點什麼，覺得其他人都過得很棒、很刺激，只有他們不是。我是說，我們都必須梳妝打扮，餵小孩，換駕照，查下午場電影幾點開始，沉浸在娛樂片裡，在性愛裡，日復一日，偶爾喝得稍微醉一點，買禮物給你不怎麼喜歡的人 —— 不喜歡他們讓妳有罪惡感，結果反而多花錢。

席琳

所以，就像專門拍人的「國家地理頻道」節目？

傑西

沒錯。

席琳

我都能想像了：無聊的24小時，還有三分鐘的性愛場面，做完以後他立刻呼呼大睡。

傑西

完全正確，那一集一定很精采。說不定妳和妳朋友可以在巴黎拍一集。這個節目要能成功，關鍵在配送，要能及時從各地拿到帶子……但重點是在全球各地的電視台連續播放一整年，每天24小時播。

侍者終於來了，把菜單給他們。

3 室內：用餐車廂，下午稍晚

又過了一段時間。兩人桌上多了一些髒盤子，也似乎相處得更自在、更直接、更放鬆、更親密了一點。

席琳

我爸媽從來都沒真正談到我談戀愛、結婚或生小孩的可能性。我還是小女孩的時候，他們就要我考慮未來的事業，看要當電視新聞主播，還是牙醫之類的。

傑西（微笑）

女主播……

席琳

對啊，我跟我爸說，我要當作家，他就說當新聞記者好了。我說我想要弄個庇護所來收容流浪貓，他會說當獸醫好了。我說我要當演員，他就說當電視新聞主播好了。就是時時把我異想天開的志向，轉化成實際可以賺錢的事業。

傑西

做爸媽的都希望子女有好工作，才可以跟朋友說嘴。

（停頓片刻）

我小時候身上一定有滿靈敏的胡扯感應器，只要他們說謊我都知道。上了高中，我受夠所有人告訴我將來應該做什麼，幾乎都會故意唱反調。他們其實都不是認真的，他們說的理想工作聽起來都很平庸。

席琳

如果你爸媽從來沒有徹底否決你想做的任何事情，態度基本上都很和善又支持，即使他們錯了，你也很難公開抱怨。就是消極的侵略行為那種狗屁。我受不了。

傑西喝了一口水，咬了咬冰塊。

傑西

是啦，雖然聽了那麼多鬼扯蛋，但只要想起童年，我還是覺得那是一段神奇的時光。

（停頓片刻）

我還記得我媽跟我解釋死亡是怎麼回事。她跟我說家住在佛羅里達的曾祖母過世了，所有家人剛去探望過。我那時應該三歲或三歲半。總之，我有一天在後院玩，姊姊教我怎麼用水管朝太陽灑水可以看到彩虹。我正在灑

水的時候，隔著水霧突然看見曾祖母站在那裡，露出類似微笑的表情看著我。我拿著水管看著她，站了很久很久。後來我鬆開摁著管口的拇指放掉水管，她就消失了。我父母訓了我一頓，說那只是我的想像，人死了就再也看不到。但我知道我有看到，就算我後來再也沒有類似的經歷，我也不再那麼害怕死亡了。

席琳

你能對死亡抱持那種態度，真不錯。我想我每天的24小時都在害怕死亡。那就是我搭火車的原因。我本來可以搭飛機回巴黎的。我就是很怕搭飛機。即使統計數字說比較安全，我還是忍不住。我坐飛機的時候，可以想像機身爆炸、我穿過雲朵摔下來的狀況。我好怕死掉以前意識清楚的那幾秒鐘。我是說，當你確定自己會死的時候。我忍不住往最壞的情況想。比方說，我有一次跟朋友去公園。四周有小小孩在玩耍。有個媽媽把小孩往上拋進空中。我朋友滿臉笑容，想說好美妙喔，可是我滿腦子只想到她害孩子掉到地上的情況。我可以看到滿地血跡，爆發嚴重的恐慌，那個媽媽在痛哭……我隨時都在這樣思考。累死人了。

從窗外的景色可以看到火車正要駛進維也納。

席琳（接著說）

維也納到了。你要在這裡下車，對吧？

傑西

可惜，真希望早點遇見妳。我真的很喜歡跟妳聊天。

席琳

我也覺得跟你聊天很好。

傑西

我已經好幾個禮拜沒跟什麼人說話了。

4 戶外：火車站，下午稍晚

火車進站停妥，車門開了，乘客很快開始上上下下。

5 室內：用餐車廂，下午稍晚

傑西臉上掛著淺笑，專注望著席琳。

傑西

我有個真的很瘋狂的想法。如果我不問妳，我一輩子都
會耿耿於懷。

席琳

什麼事？

傑西只是有點緊張地望著她，不知如何啟齒。她對他吞吞吐吐說不出口
的事情毫無頭緒，卻又有點興奮。

席琳（接著說）

到底什麼事？

傑西

我想繼續跟妳聊天。我是說,我不知道妳是怎麼想的,
但我覺得和妳有一種……心靈相通。

席琳

對,我也是。

傑西

所以,妳看怎麼樣,對,嗯…我希望妳跟我一起在維也
納下車。我們可以在城裡逛逛。

席琳聽了露出微笑,但不是很確定。

席琳

那我們要做什麼?

傑西

我不曉得。我只知道我明天早上九點半要搭奧地利航空
的飛機,而我身上錢不太夠,沒辦法住旅館,所以我們
可能得一整夜都在城裡晃。但只要妳發現我是變態,可
以立刻閃人,搭下一班火車離開,好不好?

她還在考慮,沒有回應。

傑西（繼續說）

這樣想吧,十年、二十年之後,妳的婚姻已經不像當初
那麼熱情了,妳開始埋怨丈夫,開始回想妳遇過但沒有
交往的那些男人,心想要是和其中一人在一起,結果會
不會不同。唔,我就是其中一個男人。妳可以想像這是
搭著時光機回到從前,看妳錯過了什麼。妳瞧,這麼做

其實對妳和妳未來的丈夫都非常有好處——讓你們明白
自己並沒有錯過什麼。我就和妳先生一樣無趣、懶散,
甚至更糟。

席琳微笑,默默思量了一會兒,接著突然起身。

席琳
我不確定有沒有完全聽懂,不過我還是去拿行李好了。

6 戶外:火車站,下午稍晚

傑西拿著行李開始往前走,沒發現她沒有緊跟著他。她站在車廂台階上
遲疑了片刻,匆匆回頭望了一眼,接著看向前方,堅定地走下火車。

7 室內:火車站,下午稍晚

繁忙的火車站大廳,兩人來到換幣機前換錢。

8 室內:火車站,下午稍晚

他將行李放進置物櫃裡。她則打開另一個置物櫃,把行李放進去。

席琳
你知道這讓我想到什麼嗎?

傑西
想到什麼?

席琳

萍水相逢的那些人，可能有了眼神接觸之後就錯身而過了。

傑西

沒錯，我們可能也會這樣。不過現在則像……

席琳

不管怎麼樣，我們都相遇了。

傑西笑而不語，伸出一隻手。席琳用手輕輕碰了他的手，兩人緩緩牽起了手，微微拉近彼此。

傑西

是啊，我們相遇了。

9 戶外：橋上，白天

兩人默默走著，欣賞周遭景物，最後目光又飄回對方身上。他們發現自己像是互相許下了承諾，只是方式很奇怪，不禁陷入一陣尷尬的沉默。

席琳

感覺好怪喔。我們在火車上聊天的時候，感覺就像在公共場合——身邊都是人。現在真的在維也納閒逛，感覺起來卻像是私下獨處。

傑西

我知道，感覺有一點尷尬。我不太曉得我們應該做什麼。

他一手放在她肩上，直直望著她。

> **傑西**（接著說）
>
> 但這樣還好吧，對不對？

> **席琳**
>
> 對啊，這樣很棒。我們到處逛逛吧。看一下你那本小書好了。

他拿出一本小冊子（地圖）開始研究。

> **傑西**
>
> 對，沒錯，我們在維也納吧，就四處逛逛吧。

這時，兩名當地人泰克斯和卡爾從他們身旁走過，傑西攔住他們。

> **傑西**（接著說）
>
> 對不起，Sprechen Sie English（你們會講英文嗎）？

> **卡爾**
>
> 會呀，當然。

> **泰克斯**
>
> 還是你要說德文試試看？

> **傑西**
>
> 什麼？

泰克斯

沒事，我開玩笑。

泰克斯轉頭看了卡爾一眼，兩人會心一笑。

傑西

我們剛到維也納，想找點有趣的事情做⋯⋯

席琳

對啊，有沒有我們應該看的博物館還是什麼的？

泰克斯

這年頭逛博物館不怎麼有趣了。

卡爾看了看錶。

卡爾

而且反正它們都快關門了。你們打算待多久？

傑西

就一個晚上。

泰克斯

你們為什麼來維也納？想幹什麼？

席琳

我們來度蜜月⋯⋯

傑西

沒錯，她懷孕了，所以我們決定乾脆結婚算了。

泰克斯

我不相信，你說謊的功夫不太好。

席琳和傑西笑了。泰克斯和卡爾開始用德文交頭接耳。

泰克斯（接著說）

你還有傳單嗎？

卡爾

有，我來給他們一張。

卡爾伸手到口袋裡挖出一張傳單給他們。

泰克斯

有一齣劇，我和他都有演，希望你們能賞光。

席琳

那你們是演員囉？

泰克斯

我們不是職業演員，只是玩票的。

卡爾

這齣劇是關於一頭牛和找牛的一個印度人，此外還有政
客、墨西哥人、俄羅斯人⋯⋯

傑西

你們放了一頭真的牛在舞台上？

泰克斯

不是真的牛，是演員穿戲服扮的。

卡爾

他就是那頭牛。

泰克斯

沒錯，我就是那頭牛，但是一頭很怪的牛。

卡爾

那頭牛病了。

泰克斯

那頭牛的行為有一點怪……舉止像隻狗。如果有人扔棍子，牠就會去撿回來。牠還會抽菸，用蹄夾菸。

泰克斯示範怎麼用蹄抽菸，而不是用手。卡爾指著傳單底端。

卡爾

傳單上有地址，在第二區……

泰克斯

靠近普拉特……

卡爾

對，就是有個大摩天輪的廣場。

泰克斯

大家都知道那個摩天輪……

卡爾

也許你們可以在戲開演前到普拉特廣場。

傑西

所以這齣劇叫什麼名字？

卡爾

翻譯成英文是……

兩人（異口同聲）

「帶威靈頓牛的牛角給我。」

傑西

聽起來很棒。

席琳

真酷。

泰克斯伸出食指放在頭上，其他路人開始走避。

泰克斯

我就是那頭牛……你們會來吧？

傑西

我們會盡量趕到。

10 戶外：博物館之間，白天

兩人坐在一座雕像旁的長椅上，抬頭望著古建築和周遭景物。

傑西

妳看——真美。我是說，妳能想像美國的建築師說：「嘿，鮑勃，我有個點子。我們何不在這棟建築物的頂端擺個巨大的天使像，讓大家有漂亮的東西可以看？」開頭可能是這樣，但很快就會有人說：「抱歉，漢克，老闆說不能放天使像，他比較想插一根旗桿。」

席琳

美國人老是以為歐洲很完美。可是，這樣的美跟歷史其實會帶來壓迫感。會把個人貶到毫無價值的地步。只會一直提醒你自己只是漫長歷史裡的小塵粒，但是在美國呢，你會覺得自己能夠創造歷史。那就是我喜歡洛杉磯的原因，因為它是那麼的……

傑西

醜？

席琳

不是，我本來要說「中性」。就像看著空白畫布。

（停頓片刻）

我想大家會去威尼斯那樣的地方度蜜月，是為了確定他們在婚姻的頭兩週不會吵架，因為他們會忙著東張西望，看著那些美麗的東西。大家眼中的浪漫地方就是那樣——那裡的美會讓你克制自己原始的暴力本能。真正可以好好度蜜月的，是紐澤西州的某個地方。

11 戶外：電車站，白天

兩人走下電扶梯，坐上電車。

12 室內：電車，白天

兩人在電車上坐下，觀察窗外的景物。

傑西

好了，問答時間到。我們已經認識一小段時間了，而且一時還分不開，應該能問對方幾個，妳知道，直接的問題。

席琳

我們要互相問問題？

傑西

妳得百分之百老實回答哦！

席琳

當然。

席琳認真準備玩這個遊戲。

傑西

第一個問題，妳最早的性幻想對象是誰？

席琳

唔，讓我想想……是尚馬克・弗勒希。

傑西

尚馬克‧弗勒希？

席琳

我們參加同一個夏令營，他是游泳選手。他的頭髮是那種像被氯漂白過的淺黃，綠眼睛。為了加快游泳速度，他把腿毛和手臂的毛都剃個精光。看起來就像漂亮的海豚。我朋友艾瑪好迷他，有天我穿過空地要回房間的時候，他走到我身邊來。我跟他說，他應該約艾瑪出去，因為她好迷他，結果他說：「太可惜了，因為我迷的是妳。」我真的嚇壞了，因為我覺得他好迷人。他正式約我出去，可是我假裝不喜歡他，因為我怕自己會做出什麼傻事。可是我去看一場泳賽，看到他游來游去的樣子。他好性感。夏天結束的時候，我們寫了小小的愛情宣言給對方，說我們會繼續寫信，很快一定會再見面。

傑西

那你們有嗎？

席琳

當然沒有。

傑西

那我想現在應該可以告訴妳，我正好是游泳高手。

席琳

好，我會記住的。不過，輪到我問問題了。你愛過人嗎？

他想了想，接著開口回答。

####### 傑西

有。好了，下一個問題。妳覺得妳的——

####### 席琳

等等。我們可以只用一個字來回答？

####### 傑西

為什麼不行？

####### 席琳

在我把自己頭一次的性幻想說得那麼詳細之後？

####### 傑西

這根本是兩回事。我可以詳細告訴妳我的性幻想，那沒什麼。那要是我問妳感情的事呢？

####### 席琳

我是不會說實話，但至少會編個很精采的故事。

####### 傑西

看吧，愛情的事複雜多了。愛就像上帝一樣無所不在……看得到，感覺得到，但不曉得會不會有人給我。

####### 席琳

遺憾的是，我懂你意思。

傑西

順帶一提，我最早的性幻想跟1978年的7月小姐非常有關。妳知道《花花公子》雜誌嗎？

席琳

知道。

傑西

好啦，說說什麼事會惹毛妳。

席琳

噢，老天，每件事都讓我不爽。

傑西

像什麼？

席琳

我很討厭陌生男子為了讓自己的愚蠢生活好過一點，就要我露出笑容。我討厭三百公里以外正在打仗，一直有人死去，而且沒人知道該怎麼辦。我討厭媒體想要控制我們的心靈。那是新形式的法西斯主義，非常微妙。我討厭每次在外國穿黑色、發脾氣、對什麼事表達意見的時候，總有人會說：「噢，好法國唷，好可愛。」哼，我恨透了。

她一下子就激動起來，讓兩人都笑了。席琳冷靜下來，問他一個問題。

席琳（接著說）

現在輪到我發問了。那什麼是你的問題？

傑西

妳吧。

席琳

蛤?

傑西

沒啦,說真的,我一個禮拜前有個想法,應該算問題吧。

席琳

是什麼?

傑西

妳相信靈魂轉世嗎?

席琳

就某個層面來說,還滿有趣的。

傑西

沒錯,現在好像很多人都在討論前世之類的事。但就算不信,大多數人還是有「靈魂不朽」的想法,對吧?總之,我的想法是這樣:假如我們從人類一出現就開始存在著,那現在所有的靈魂都是哪裡來的?五萬年前的地球人口還不到一百萬,一萬年前也只有幾百萬,現在地球人口大約50億到60億,每個靈魂在五萬年間就分裂了五千次,而這對地球來說只是短短的一瞬間。我們頂多是靈魂的碎屑而已。難道這就是人與人之間那麼疏離的原因嗎?

席琳

所以那就是問題？

傑西

我知道這很像胡思亂想，但就因為如此反而更有道理。

13 室內：唱片行，白天

兩人走進一間專賣黑膠唱片的音樂行，開始瀏覽唱片。

傑西

那間是不是試聽室？

席琳

嗯，我想是吧。

兩人繼續翻看唱片。最後她找到了一張，拿起來給他看。

席琳（繼續說）

你聽過這個歌手嗎？

傑西（看了一下）

沒有。

席琳

我想她是美國人吧。我洛杉磯的朋友跟我提過她。我一直找不到她的作品。我想是有點民謠、抒情的東西吧。

傑西指著唱片行另一頭。

傑西

我們去看看試聽室還管不管用。

席琳

試試看吧。

兩人走到試聽室，推門進去。席琳取出唱片放在轉盤上，音樂流洩而出，兩人擠在小小的玻璃試聽室裡，背靠著牆專心聆聽。

歌曲

北方吹來一陣風，
輕輕訴說愛情早在冥冥中
來吧，來吧
我不是那麼遙不可及
我是這麼渴望你
來吧，來吧……

兩人不時偷瞄對方，但都趁對方沒注意的時候。這首歌讓兩人有些緊張，因為歌詞點出兩人關係不確定而生的膽怯。

14 室內：地鐵車廂，白天

兩人坐在車廂內，電車駛出隧道迎向陽光。

15 戶外：無名墓園，白天

兩人走下台階來到一處墓園。有隻兔子從他們身旁跳過。

席琳

我十幾歲的時候來過。那時候，它在我心中留下的印象
比起我們去過的博物館都還深。

傑西

這墓園很小。

兩人走進墓園隨意漫步，看著一個個幾乎都一樣的十字墓碑。

席琳

是啊。那時候有個矮小的老伯伯跟我們聊天。他是管理
員。葬在這裡的人幾乎都是被沖上岸的，就在多瑙河轉
彎流向遠方的地方。

傑西

那是多久以前？

席琳

這個世紀初（譯注：20世紀）吧。它叫「無名墓園」，因為園
方常常不知道死者的身分。也許是知名不知姓。

傑西

為什麼有那麼多屍體沖上多瑙河岸？

席琳

我想有些是因為搭船出了什麼意外吧，可是大部分都是
跳河自殺的。

（停頓片刻）

我以前一直很喜歡這麼想：這些不知名的人迷失在世界
上。我小時候總以為，如果你的家人或朋友都不知道你

死了，那麼就不像是真的死了。大家可以替你編造最好
或最壞的情節。

席琳停在某個墓碑前。

席琳（繼續說）

噢，她在這裡。就是我記得最清楚的那個。她是13歲死
的。對我來說滿有意義的，因為我看到這個的時候，也
是那個年紀。現在我多了10歲，而她還是……13吧，我
猜。

16 電車站，黃昏

兩人在黃昏時搭上電車（蒙太奇剪接）。

17 室內：遊樂園，夕陽

兩人在普拉特遊樂園古老的大摩天輪上，整個車廂只有他們。兩人在裡
面隨意走動，俯瞰四周的景色。

席琳

我像這樣高高在大家上面的時候，總是會想，整個人類
就像一個身體，我們全都是身體裡的細胞。不可思議又
精巧細緻的一團東西，對吧？

傑西

是啊……

（停頓片刻）

我想暫時換個話題。現在這一刻可能很重要。我不知道
妳有沒有發現，現在這裡只有我倆，然後夕陽西下……

（停頓片刻）

如果我說我們今晚結束前會接吻，應該沒錯吧？

席琳

也許吧。

傑西

也許？

席琳

可能吧。

傑西

可能。那我提議我們直接跳到我們自然而然開始接吻的
那一刻——也許是幾小時後吧，在我們克服了尷尬閒聊
一番之後——把它挪到這裡，因為現在這一切都很完
美。這樣不只讓我們記得兩人的初吻，還能記得這麼美
的夕陽、摩天輪，還有維也納……

席琳走到傑西面前，伸手摟住他的脖子。

席琳

為什麼每當你想要我做什麼的時候，就會開始講起時間
旅行？

傑西

好吧，我想我們現在應該接吻。

兩人開始接吻，摩天輪繼續轉動。

18 戶外：遊樂園，夜晚

兩人邊走邊聊。

> **席琳**
>
> 可是我覺得這跟你生在哪個世代無關。看看我爸媽好了。他們在 1968 年 5 月學運的時候，是反抗一切的憤怒青年——反抗政府和保守的天主教背景。我是在那之後不久出生的，我爸後來成為成功的建築師，我們開始環遊世界，他一邊建造路橋和高塔。我真的不能抱怨什麼——他們愛我勝於世上的一切，我成長期間享有他們曾經奮力爭取的那些自由。可是現在對我來說，是另一種型態的戰鬥。我們還是得應付同樣的狗屁。可是你不大知道敵人到底是誰或是什麼。

> **傑西**
>
> 我不知道是不是真有敵人。所有父母都會毀掉孩子，不是離開他們就是待在他們身邊，教他們錯誤的事情。有錢的爸媽給小孩太多，沒錢的給太少，有些父母關心太多，有些關心太少。我爸媽明明不怎麼相愛，卻還是結婚生了小孩，然後努力對我好。

> **席琳**
>
> 你爸媽離婚了嗎？

> **傑西**
>
> 對呀，最後還是離了。他們早該離的，卻為了我和我姊

繼續綁在一起。真是謝了。

（停頓片刻）

妳知道，我爸媽有一回吵得很兇，我媽當著我爸的面告訴我，說我爸當時知道她懷孕後大發雷霆，說生下我是天大的錯誤。現在想起來，那件事真的影響了我的想法。我一直覺得自己活在這個世界上是多餘的，要是生我的人多一點自制力，我就不會出現了。

席琳

可是那樣好悲哀。

傑西

我想我後來反而覺得很安慰，覺得我的人生是我自己創造的。

席琳

我爸媽還在一起，我想他們還滿快樂的。可是我想，反抗你爸媽跟之前的一切，是種健康的過程。就某方面來說，不只是反叛，而是感覺自己正在尋找新的方法，來面對愛情、性愛、社會、一切。我們應該一直不斷再造，讓它成為我們專屬的。

兩人默默走著，欣賞周遭的景物片刻。一對夫妻從他們身邊走過，但他倆完全沉浸在兩人世界中。

席琳

我最近一直在想……你有沒有認識什麼感情很幸福的人？

傑西

有啊，我認識幾對幸福夫妻，但他們似乎必須彼此撒謊。

席琳

人可以在謊言裡過一輩子。我奶奶嫁給了這個男人，我一直以為她的愛情生活很單純、不複雜。可是她才剛跟我坦承，說她這輩子魂牽夢繫的，是她一直深愛的另一個男人。她只是乖乖接受了自己的命運。好悲哀。可是我也發現這樣好美，她心裡竟然有那些我從沒想到她會有的情緒。

傑西

我跟妳保證那樣比較好。她要是了解他，最後一定會失望。

席琳

你怎麼知道？你又不認識他們。

傑西

我知道。因為人總是會有這些羅曼蒂克的想像。

席琳

你這是什麼意思呢……「在摩天輪上說夕陽正要西下吻我吧」的浪漫先生？

傑西（打斷她）

好啦，好啦。妳祖母怎麼了？妳還沒講完。

<blockquote>

席琳

我在她身邊過了人生中的二十多年，我竟然不認識她，這點讓我很驚奇。

</blockquote>

<blockquote>

傑西

妳認識她，但沒有人能完全了解他人。感情就是這點麻煩，大家老愛說：「我想認識你，了解你是誰。」但人連了解自己都很困難了。我是誰一直在變，別人怎麼可能掌握得到？

</blockquote>

<blockquote>

席琳

難道就這樣？很高興「不」認識你。

</blockquote>

兩人望向遠處，看見幾對年長夫妻在玩碰碰車。

19 戶外：小咖啡館，夜晚

兩人坐在顧客稀少的露天咖啡館。傑西匆匆環顧一眼，接著突然湊上身子吻了席琳，讓她微微吃驚。

<blockquote>

傑西

我只是想再吻妳。

</blockquote>

席琳笑了笑，聳了聳肩。一名賣玫瑰花的年長女子突然走到他們身旁。她一身吉普賽人裝扮，捧起懷中的玫瑰遞到傑西面前。

<blockquote>

賣花女（說德文）

你要買朵玫瑰送這位姑娘嗎？

</blockquote>

傑西面帶微笑，伸手到口袋裡掏錢。

傑西

當然，多少錢？

賣花女

20先令。

傑西付了錢，賣花女遞給他一朵玫瑰，接著突然將注意力轉向席琳，衝動抓起席琳的手，開始仔細研究她的手掌。

賣花女（接著說）

妳想看手相嗎？

席琳

好啊。

席琳轉頭看了看傑西，傑西翻翻白眼，覺得有點被打擾了。她給他「我想看手相，別掃興」的表情。

賣花女

嗯，嘖，妳正在旅行，之前沒來過這裡。妳是冒險者……探索者…… 是心靈的探險家。

席琳專心聽著，時而點頭。

賣花女（繼續說）

妳對女性的力量很感興趣，也就是女性的深層力量和創造力，而且妳正在成為那樣的女人。

（停頓片刻）

妳需要接受生命裡的不完美。唯有當妳發現內在的平靜，才能和他人建立真正的關係。

賣花女抬頭看著傑西，比了比他。

賣花女（接著說）

你們之前不認識，對嗎？

席琳

唔，對啊，我想是吧。

賣花女一副權威姿態，伸手去抓傑西的手。傑西笨拙地伸出手來。她仔細研究他的手掌，翻過來看他的拇指，接著放開手，讓傑西把手收回去。

賣花女

（對席琳說）

妳不會有事的。

（停頓片刻）

他還在學。

（停頓片刻）

可以嗎？

席琳

謝謝妳。還不錯。

席琳起身給了賣花女幾枚零錢。賣花女轉身離開，離開前又補上幾句話。

賣花女

別忘了，你們兩個都是星星。數十億年前星星爆炸之後，形成了這個世界。月亮、樹木，所有我們知道的東西都是星塵。所以別忘了，你們都是星塵。

兩人起身離開。席琳沉浸在剛才的經歷中，但傑西看來有點不爽。不過他越不滿，席琳似乎就越開心。

傑西

說的真好，什麼我們都是星塵，妳會成為偉大女性之類的。但我希望妳可別當真了，這跟報紙上的星座專欄沒兩樣。

席琳

唔，她知道我在度假，也曉得我們本來不認識，還有我會成為了不起的女性。

傑西

（打斷她）

還有什麼「我還在學」，那是什麼屁話？太瞧不起人了吧？她又不了解我，而且我還跟她買了一朵該死的玫瑰耶。

（開始抱怨）

像她這種投機份子要是敢講實話，早就沒生意了。

（話鋒一轉）

我真想看看哪天一個老太太拿著所有積蓄去算命，想聽一些好話，結果算命師卻跟她說：

（瞪大眼睛）

「明天和您這輩子剩下的每一天都會和今天一樣，分分
秒秒都很無聊。您不會再有新的熱情、旅行和想法，死
後立刻被人遺忘。兩百先令，謝謝。」這我倒想看看。

席琳調侃他。

席琳

好好笑，她幾乎沒注意到你吔。總之我喜歡她說的話。

傑西

妳當然喜歡。妳付錢不就是為了聽到好聽話？嘿，說不
定維也納有什麼不良場所，可以買到讓妳嗨的好東西。

席琳繼續笑他。

20 戶外：街上，夜晚

兩人繼續走著，席琳瞥見一張海報，宣傳即將推出的法國後印象派畫家
秀拉的畫展。

席琳

噢，可惜，下星期才開始——我們碰不上了。

她指著海報上的一幅畫。

席琳（接著說）

其實我幾年前在某家博物館看過這幅畫。我一直盯著它
猛看——一定有45分鐘那麼久。

傑西

酷。

席琳

我很喜歡人物融入背景的樣子。就像環境比人強大。他
畫的人物總是有那種稍縱即逝的感覺。

21 戶外：大教堂，夜晚

兩人沿著街道走上台階，來到一座大教堂前。他們推了推門，發現門是
開的，便走了進去。

22 室內：大教堂，夜晚

兩人走進大教堂，發現裡面空無一人，只有幾百支蠟燭兀自燃燒著。他
們聽見遠處傳來調校管風琴的聲響。

傑西

可惜現在不是白天，不然就能看清楚彩繪玻璃了。

席琳

幾天前在布達佩斯，我跟奶奶也去了跟這很像的一間老
教堂。雖然跟宗教有關的事情，我大都很排斥，可是我
忍不住替那些來教堂的人覺得難過。他們要不是迷失，
就是陷入痛苦或罪惡感──才會來這裡尋求解答。單單
一個地方可以將這麼多的痛苦和快樂結合在一起，延續
這麼多個世代，我覺得好有意思。

傑西

所以妳和妳奶奶很親。

席琳

對啊,我想是吧。我想是因為我一直有種感覺──我就
是這個老太太,躺下來準備死去,而她臨終的最後幾個
思緒,就是對自己青春和人生的回想。我覺得我的人生
只是她的回憶或什麼的。

傑西

真妙。我一直覺得自己還是13歲的小男孩,不曉得怎麼
當個大人,只好假裝過日子,記住一些事,等真的長大
了以後用,就好像國中戲劇彩排一樣。

席琳

滿好笑的。所以剛剛在摩天輪上面,是位老婆婆在吻這
個年輕男生。

傑西

少噁心了。

(改變話題)

妳知道貴格教派嗎?

席琳

不怎麼清楚。

傑西

他們真的很酷。有次我去參加貴格教派的婚禮,妳知道
他們怎麼進行婚禮的嗎?新人跪在教堂中間,面對所有

賓客，兩人默默注視對方，不開口說話，直到上帝讓他們開口，或許是祝福、警告，什麼都可以。他們就這樣互相凝視一小時，然後才成為夫妻。

席琳

真美。我喜歡。

兩人注視彼此良久。接著他忽然想到什麼，臉上露出微笑。

傑西

天哪，我有一個很爛的故事，但在這裡講可能滿合適的。我和我的死黨開車兜風，他是超級無神論者，我們在路上看到一個流浪漢拿著牌子說他需要工作之類的，就把車停在他身邊。我朋友掏出一張百元鈔票，問他：「你相信上帝嗎？」流浪漢看看他，又看看鈔票，接著說：「我相信。」我朋友就說：

傑西做出抽開鈔票的動作。

傑西（繼續說）

「答錯了。」然後我們就開走了。

席琳

好壞喔。

23 戶外：露天咖啡館，夜晚

下雨了，兩人跑著找地方躲雨，在一家露天咖啡館的大傘下找到座位。

24 戶外：街上，夜晚

兩人漫步著。

> **傑西**
>
> 如果妳沒下車，現在是不是已經到巴黎了？

> **席琳**
>
> 沒，還沒。那你會在幹嘛？

> **傑西**
>
> 我不曉得——可能在機場閒晃吧，一邊讀過期雜誌，一邊對著咖啡掉眼淚，因為妳不肯和我一起下火車。

> **席琳**
>
> 啊……

席琳輕輕吻了他。

> **席琳**（接著說）
>
> 其實，我可能已經跟別人在薩爾茲堡下車了。

> **傑西**
>
> 對對對，我只是填補妳空虛的美國人而已。

> **席琳**
>
> 不是，才不是。我玩得很開心啊。

傑西

是嗎？我也是。

席琳

我很高興。我很喜歡這樣，因為沒人知道我在這裡，我也不認識知道你的人，要不然他們會把你幹過的壞事都告訴我。

傑西

我可以跟妳說一些。

席琳

肯定可以。聽過那麼多關於人的狗屁倒灶事之後，我只要開始跟某個傢伙約會，都會覺得自己像是軍隊裡的將軍——你知道的，就是策畫自己的戰略和計謀，知道他的弱點，什麼傷得了他，什麼又能誘惑他……

（停頓片刻）

可是如果我們一直在一起，我會把你逼瘋的頭一件事是什麼？

傑西

我不想回答。我以前交往過一個女孩，老是問我這個問題。最後我只好跟她說她不是很能接受別人批評，結果她竟然氣壞了，還跟我分手。但我現在覺得她只是想找機會跟我說她覺得我哪裡不好而已。所以，妳倒是說說我哪裡讓妳不爽了。

席琳

沒啦，沒什麼。

傑西

來嘛，說吧，哪裡？

席琳

我什麼都想不到啦。

傑西

我要求妳一定要說。

席琳

其實，如果認真想想，我真不喜歡你剛剛在手相師那裡
的反應。你就像隻小鬥雞似的。

傑西

鬥雞？妳這話什麼意思？

席琳

對，你就像個哭哭啼啼的小男孩，只因為大家沒把注意
力放在他身上。

傑西

妳在說什麼啊？那女人分明就是來搶妳錢的……

席琳

你的行為就像路過冰淇淋店的小男孩，因為媽媽不肯替
他買個奶昔什麼的就哭鬧不休。

傑西

等一下，我才不在乎那個賣花的騙子說什麼呢。

一名男子（流浪詩人）走近兩人。

流浪詩人
（說德文）

我想和你們商量一件事。

席琳

呃，我的德文還可以，可是他完全不行。

流浪詩人（說英文）

好吧，嗯，我想跟你們商量一件事。我不會直接向你們
要錢，而是請你們跟我說個詞，然後我用那個詞寫一首
詩，用英文寫。假如你們看了喜歡，覺得豐富了你們的
人生，那麼就可以賞我一點錢，多少都好，看你們方
便。

席琳和傑西

好，就這麼說定了。

流浪詩人

那就選個詞吧。

傑西

嗯……

（看著席琳）

選什麼詞呢？

席琳

奶昔。

傑西看了她一眼。

傑西

我正打算說「鬥雞」呢。不過也好，就奶昔吧。

流浪詩人走到一旁開始寫詩。

席琳

我喜歡他說的「豐富你們的人生」的說法。

傑西

我懂。嘿，我們剛才是不是在吵架？

席琳

沒有，沒有啊……

傑西

有，我覺得是。

席琳

即使我們有，大家幹嘛老愛把衝突當成壞事？衝突也可能帶來好處啊。

傑西

應該吧。我覺得我要是能接受生活本來就不容易的事實，有這樣的心理準備，我就不會那麼氣憤了，遇到好事發生也會很開心。

>   **席琳**

我想那就是我還在念書的原因。有對抗的對象，總是比較輕鬆。

>   **傑西**

我們生來就有競爭性格。

>   （沉思片刻）

我是說，我可能做一件很普通的事，例如打撞球或玩飛鏢之類的，卻還是會有那種感覺，很想贏，想做到最好，於是標準一下子拉高，高到超過自己的能力範圍。我甚至可聽到我之前遇過的教練、男老師或老闆跟我說：「傑西，你還不夠努力！別再混了，振作一點！」

>   **席琳**

那就是你想把我弄下火車的原因嗎？為了一爭高下？

>   **傑西**

什麼意思？

>   **席琳**

要確定你背後的男生不會來跟我搭訕？你在跟他競爭？

>   **傑西**

哪個男的？

>   **席琳**

就是那個長得很可愛，又高又壯，看起來像義大利人的男生，就坐在你後面隔兩個座位的地方，他一直對我微笑。

傑西

他長得比我好看嗎？

流浪詩人拿著一小張紙回來了。

席琳（對傑西說）

這就是人生。（法文）

流浪詩人

詩寫好了。

席琳

可以唸給我們聽嗎？

流浪詩人

沒問題。

（開始讀詩）
如夢的幻想
稠密的睫毛
寶貝，妳美麗的臉
滑下一滴淚，落在
我的酒杯中
望著妳的雙眼
察覺妳在我心中 就像
甜蜜的蛋糕與奶昔
我是幻覺天使
是奇幻的遊行隊伍
我要讓妳明白我的心
不再讓妳窮捉摸

妳不知道我來自何方
我們不曉得將去哪裡
擁抱生命，就像河上的樹枝
順流而下
隨波逐流
我載著妳，妳載著我
生命可以如此輕盈
妳可知道我的心
妳終將明白我的情

兩人都沒說話。

席琳

哇……

他們給了流浪詩人一些錢。

傑西

謝了，老兄。祝你好運。

席琳

很美，對吧？

傑西

是啊，很美。妳知道，那首詩不是他……我不是說詩不
是他寫的，而是不是他今晚寫的。他只是把「奶昔」兩
個字放進去。

席琳

你什麼意思？

> **傑西**
>
> 沒事。這首詩寫得很好。

兩人漫步離開。

25 戶外：街上，夜晚

兩人繼續散步。

> **席琳**
>
> 我想問你一件事。你會覺得我很疏離嗎？

> **傑西**
>
> 疏離什麼？

> **席琳**
>
> 有人曾經說我是疏離的知識份子。我怕我就是那個樣子。我對事情有太多的評論，也許不夠貼近感受所有事。

> **傑西**
>
> 我完全沒有那種感覺。說這話的人是混蛋。

> **席琳**
>
> 不，但這是我最大的恐懼。就是成為只用學術性、自由派的疏離眼光去看待事物的那種人。那個態度跟真正活著毫不相干。

傑西

誰來判斷什麼叫做真正活著？

席琳

唔，我也想知道。那是個大哉問，對吧？我想，人過的
不是親自體驗的一生，**就是**受到檢視的一生。可是，受
到檢視的人生，就是親自體驗的人生。

（停頓片刻）

要是我沒有這些故作藝術氣息的愚蠢作態，看待世界的
眼光可能會不一樣。

傑西

我懂妳的意思。

席琳

湯瑪斯・曼[3]是怎麼說的？「我寧可參與人生，而不是
寫一百則故事。」

傑西

嗯，我喜歡這說法。

（停頓片刻）

我認識一個男的，喜歡哥德搖滾的那種宅男。他有一天
過馬路的時候被車撞了。我們趕到醫院看他，得知他沒
有大礙，沒想到他竟然跟我們說車禍讓他感到莫大的喜
悅，因為他知道自己貧乏的一生終於有事情發生了。

---

3 湯瑪斯・曼（Thomas Mann，1875-1955），德國作家，1929年獲頒諾貝爾文學獎，
代表作有《魔山》、《魂斷威尼斯》等。

兩人都笑了。

席琳

對啊。就像用第三人稱的角度去看自己。我老覺得我都在觀察自己的人生，而不是真正在過生活。在我爺爺的葬禮上，別人看起來都在哀悼，即使我愛爺爺，我還是忙著觀察他們。他們每個人都像我總有一天會寫下的書裡的段落，鉅細靡遺地描述每種情緒。

傑西

我懂。我還記得小時候聽爸媽吵架，感覺就像置身電視特別節目一樣。心想我應該表現得很憂鬱，很沮喪，應該偷拿香菸和墨鏡，被人抓到之後再怪罪在出身問題家庭上。

席琳

對啊，我想我跟書本、電影那類東西為伍時，總是快樂得多。我想，會讓我更興奮的是精采呈現人生，而不是生命本身。

26 戶外：熱狗攤，夜晚

兩人走到一處維也納熱狗攤前點了飲料，發現周圍的人都很有趣，包括熱狗攤的老闆。

27 室內：咖啡館，夜晚

兩人走進一間很有意思的老咖啡館。席琳去廁所，傑西在外頭等。兩人頭一回分開讓傑西有點坐立難安，看著海報和咖啡館裡的人情百態。席琳從洗手間出來，兩人走出咖啡館。

28 戶外：競技場俱樂部，夜晚

兩人走到一間酒吧（俱樂部）門外，音樂從裡頭流洩而出。

> **傑西**
>
> 想進去嗎？

> **席琳**
>
> 好啊。有最低消費嗎？

> **傑西**
>
> 很便宜的，我請客。

> **席琳**
>
> 別擔心。我身上也有現金。

29 室內：競技場俱樂部，夜晚

台上一名男歌手抱著吉他，就快唱完一首詭異但幽默的歌。他把歌唱完，起身離開。

歌手（說德文）

嘿，各位別走開。我想麗茲接下來要放她的新片，還會
附上口頭解說。

投影機對著舞台後方的牆面架好。導演麗茲接過麥克風，面向銀幕在舞
台上坐下來。她手裡拿著一張紙，示意放映師開始。燈光暗了下來，影
片開始播放。首先是超八攝影機拍攝的黑白畫面，標題用白色德文字寫
著**一種噪音和一種寧靜**。接著是近期事件（1985-1994）、樂團演奏、天
災和一些電視畫面，中間穿插一些很詭異的個人特寫，有些人盯著鏡
頭，有些人沒看鏡頭。整部片子帶著一股憂鬱和近乎浪漫的孤獨。導演
用德文解說，大家讀著字幕。

麗茲

我們的批判和所有批判一樣始於懷疑……懷疑成了我們
的生命。我們的生命是一場追尋，尋求新的故事，屬於
我們的故事。我們受達達主義式[4]的懷疑啟發，掌握了
這個新的歷史，是普通語言無法表達的。

（停頓片刻）

我們的過去凍結在遠方，每個姿勢與口音都是對舊世界
的否定，對新世界的追求。

（停頓片刻）

重點在於發現真正的溝通，至少也要追尋這樣的溝通，
為了發現它和失去它而冒險……我們持續關注，關注那
無法平息和不受接納的、那潛藏底下、之外和離散的，
雖然只能靠眼神交會來溝通，卻很清楚就算世界看來多
麼空洞、墮落與虛耗，一切仍然充滿可能。

---

4 達達主義，20世紀初興起於瑞士蘇黎世的藝術運動，是藝術家對第一次世界大戰造成的
災難浩劫的反思，影響遍及文學、戲劇、美術設計和視覺藝術等領域。

結尾字幕寫著：**重新開始，從頭來過。**

30 室內：競技場俱樂部附設酒吧，夜晚

兩人輪流玩彈珠台。

> 傑西
>
> 我們還沒談到這個，不過，呃，妳有交往對象嗎？有男
> 友在巴黎等妳回去嗎？

> 席琳
>
> 沒有，現在沒有……

> 傑西
>
> 所以之前有囉？

> 席琳
>
> 我們半年前分手了。

> 傑西
>
> 真遺憾，呃，其實我沒那麼遺憾啦。跟我說說吧。

> 席琳
>
> 不，不要，很無聊。我說不出口。

> 傑西
>
> 說嘛，說嘛。

席琳

我真的很失望。我本來以為這個可以維持一陣子的。他
又笨又醜，床上功夫很差，還會酗酒——我們會交往，
算是我給他的人情。可是他甩掉我的理由是說，我太愛
他，妨礙了他的藝術表達。我受到創傷，對他的事情執
迷起來。我去看心理醫師，提到我寫了一些小故事，研
究要怎麼幹掉他——那些錯綜複雜的細節都是在講我要
殺了他，但又不會被逮到。

傑西

殺了他？

她發現傑西看她的表情有點怪。

席琳

哎，不會啦，我才不會真的下手呢，只是隨手寫寫而
已。

傑西

我了解。

席琳

總之呢，這個笨心理醫師相信我跟她說的每件事。那是
我第一次見她。她說她必須報警。她完全相信我真的會
下手，即使我跟她說那只是我應付這件事的方法。她深
深望進我的眼睛說：「從妳說這件事的方式來看，我知道
妳就是會去做。」那是我頭一次也是最後一次的諮商。
對他，我已經完全釋懷了，可是現在我擺脫不掉的想法
是，他可能會因為意外死掉，搞不好就在一千公里之外
的地方，然後我就受到指控。

傑西只是笑笑。兩人互換位置,她開始玩彈珠台。

席琳(繼續說)

人幹嘛對自己明明不在乎的人念念不忘?

(停頓片刻)

那你呢?你有跟誰在一起嗎?

傑西

真有趣,我們竟然一直迴避這個話題到現在。

席琳

對啊,所以你現在必須告訴我。

傑西

我不知道。愛就像一種逃避,是不懂得獨處和無所事事的人迴避現實的手段。大家都說愛是無私的,是完全奉獻,但如果妳仔細想想,可能沒有什麼比愛更自私的了。

席琳

所以誰剛甩了你啊?

傑西

什麼?

席琳

你聽起來好像才受過傷。

傑西

好吧……真相大白的時候到了。

（停頓片刻）

我就一五一十跟妳說了吧。我來歐洲不光是為了尋找自我，或在巴黎讀海明威什麼的。我整個春天都在存錢，就為了飛到馬德里和我女友過暑假。她去年在那裡念了一個很白痴的藝術史課程。但等我到了馬德里，終於和她重逢了，頭一天晚上我們到外面吃飯，她竟然找了五個朋友一起來，什麼岡薩洛、佩德羅、瑪麗亞、安東尼歐，還有同鄉的蘇西。我到的頭幾天，她一直避免和我獨處，可是我過了很久才意識到她根本不希望我來。所以我買了最便宜的機票離開歐洲，就是明天從維也納起飛的班機，但我還有幾個禮拜的時間要打發，所以就買了一張歐洲火車聯票。

（停頓片刻）

妳知道被甩最難受的地方是什麼嗎？就是當你發現你對跟你分手的那個人根本印象模糊，而你對他來說也一樣形同陌路的時候。你以為你們都很痛苦，但其實他們很高興你不在了。

席琳

唔，你該看看鮮豔的色彩。

傑西

妳說什麼？

席琳

那個心理醫師就是這樣跟我說的啊。我一個鐘頭付900法郎，就是去聽她說我是個有殺人傾向的瘋子，聽她說如果我把精神集中在鮮豔的色彩上，搞不好就可以改變自己的執迷行為。

傑西

真的有用嗎？

席琳

我還沒幹掉他。

31 戶外：街上，夜晚

兩人在街上漫步，興奮熱烈地爭辯著。

傑西

我說，為什麼大家把男人的忠誠看得那麼重？就算你是最好的父親和丈夫，扶持妻子，是妻子最好的朋友，但只要你拈花惹草——噢噢，我們對你的評價就是錯的，你其實是個敗類。我的意思是，有些猴子整天從早到晚都在交配，結果是最平靜、最快樂的一群。所以，拈花惹草有什麼不好的？

席琳

你在講猴子嗎？

傑西

對。

席琳

聽起來很像是男人為自己的拈花惹草找台階下的完美論調。

傑西

但母猴子也在拈花惹草啊。

席琳

你知道嗎，我有種糟糕的偏執想法，覺得女性主義多是
男人發明的東西，這樣他們就更可以四處亂搞。女人
啊，釋放妳的心靈吧，解放妳的身體吧，跟我上床溫存
吧，只要我可以盡情胡搞瞎搞，我們都會自由又快樂
的……

傑西

可是妳想想，假如一座島上有99個女人和一個男人，不
到一年可能就會生出99個小孩，但如果島上有99個男
人和一個女人，一年後可能只有一個小孩。

席琳

對，最後可能只剩下43個男人，因為他們會互相殘殺。
另一座島上則會有99個女人和99個寶寶，沒有男人，
因為所有女人會集結起來把他活活吃掉。

傑西

這點很有意思，對吧？我想女人其實不介意毀掉男人。
就像我有一回和前女友走在街上遇到四個混混，他們靠
在一輛大黃蜂上，想也知道他們不會放過我們，其中一
個人說：「嘿，寶貝，屁股很美喔！」我繼續往前走，心
想，好吧，你愛講就講，沒什麼大不了。於是我什麼都
沒做，讓他去講……

席琳

況且他們有四個人。

傑西

就是啊！結果我們往前走了幾步，她突然轉身說：「去你的，豬頭！」我心想不會吧，他們又不會過來修理她，所以這時候是誰倒楣呢？妳看，女人老是說她們討厭男人占有欲太強，防衛心太重，但當她們需要的時候，卻又說你怎麼那麼軟弱，不像個男人。

席琳

可是我想女人不會想幹掉男人，就算想要，也很少會成功。我很確定男人殺了更多女人。總之，越講越鬱悶。你知道嗎？

傑西

所以妳想結束這個話題？

席琳

對。只要談起女人跟男人的事，就會沒完沒了。

傑西

我知道，感覺就像跳針一樣。人類已經試了幾千年，想要理出個頭緒。所有藝術家都嘗試過……

席琳

而且還沒有人想出什麼辦法來。

32 室內：咖啡館，夜晚

畫面帶過幾桌有趣的客人和他們的談話。席琳和傑西隔桌對坐，還在聊天。

席琳

好了。現在我要打電話給我在巴黎的死黨，我再八個小時就要跟她吃午餐了。叮！鈴！叮！鈴！接電話啊。

傑西

什麼？

席琳

把電話接起來。

傑西

喔，好。喂？

席琳

哈囉，凡妮。我是席琳。一切都好嗎？(法文)

傑西 (法文)

很好，妳呢？

席琳

噢，妳知道我發生什麼事了嗎……(法文)

傑西

呃，也許我們用英文講比較好。

席琳

凡妮莎。對不起我錯過午餐了，我在火車上遇到一個傢伙，我陪他在維也納下了車。我們還在這裡。

傑西

妳瘋了嗎？

席琳

可能吧。

傑西

所以他是奧地利人嗎？住在維也納？

席琳

不是，不是，他也只是路過這裡。他是美國人。他明天早上就要回家了。

傑西

那妳為什麼要跟他一起下車？

席琳

他說動我了，但我想我跟他聊了一會後已有心理準備。他很貼心。我們在用餐車廂時，他講起他小時候看到曾祖母的鬼魂。單是想到這個小男孩，滿腦子美麗夢想的樣子——我想，我就是那個時候對他動了心。他設下圈套擄獲了我。

傑西

嗯哼。

席琳

而且他好可愛。他有很美的藍眼睛、好看的粉紅嘴唇，還有油膩膩的頭髮。他有點高，也有點笨拙。我喜歡在

我別開頭的時候，感覺他停在我身上的目光。而且他接起吻來有點像青少年。好可愛喔。

傑西

妳說什麼？

席琳

對啊，我們接吻了呢。好討人喜歡。隨著夜晚的時間過去，我開始越來越喜歡他。可是我擔心他在怕我。我跟他說了個故事，就是那個幹掉她前任男友的女人。他一定嚇得要死。他一定在想我就是這個有控制欲、卑鄙又危險的女人。我只希望他不會對我有那種看法——你知道我的——我是最不會傷害人的人了。我只是躲在憤怒後面，因為我只找到那種自我保護的方式。我真正可能傷害的只有我自己。

傑西

我敢說他一定不怕妳，而是為妳癡狂。

席琳

好了，現在該你了。打電話給你朋友。

傑西假裝拿起話筒貼著耳朵。

傑西

鈴鈴鈴。我打給這傢伙通常都接到答錄機。

席琳

嘿，老兄，最近怎樣？

傑西

嘿，法蘭克，你在家啊？

席琳

你回來啦？馬德里怎麼樣啊？

傑西

呃，糟透了。我會提早一點回去。我和茱蒂早該分手了，拖到現在終於分了。遠距離戀愛好像不可能會成功，對吧？虧我傻傻做了一堆羅曼蒂克的幻想，啐！我在馬德里只待了幾天，就不得不逃走了。過去幾個禮拜我在歐洲各地閒晃，像個白痴一樣。我買了一張便宜機票從維也納飛回去，還有幾小時才會起飛，但其實也沒那麼便宜。我可以直接回去，但就是沒辦法，我想多混一會兒。我想逃跑，但不是回家。我不想見到熟人，不想說話，只想當個沒人認識的遊魂。

席琳

你還好嗎？

傑西

嗯，怪就怪在這裡。我很好……棒極了，感覺又活了過來。我可以告訴你為什麼。這是我在歐洲的最後一個晚上，而我遇到一個非常特別的人。你聽過人們常說的「每個人都是某人的天使與魔鬼」吧？嗯，她真的就像波提切利[5]畫中走出來的天使，在生命之門那邊等我。

---

5 波提切利（Sandro Botticelli，1445-1510），義大利文藝復興時期的佛羅倫斯畫派畫家，代表作有〈春〉、〈維納斯的誕生〉等。

席琳

哇，你們怎麼認識的？

傑西

在火車上。其實在我們交談前幾個小時，我就看見她了。我那時剛進火車，在找座位。她一腳放在對面的坐椅上，完全沒注意到我從她身旁經過。後來坐在她附近的一對怪夫妻吵了起來，她就往後面走，正好坐在我走道對面的座位上。我們開始聊天。我想她起先並不怎麼喜歡我。她很聰明、熱情，長得又美——我突然對自己一點信心也沒有，覺得自己說的每句話都很蠢，很沙豬。

席琳

噢，老兄，要是我就不擔心。我確定她沒在心裡評斷你啦。對了，她都決定坐在你旁邊啦。我確定她是故意這樣的。我們男人最笨了，永遠都搞不懂女人。以我對她們的那一點點認識來說，她們的行為一直滿怪的。

33 戶外：艾爾貝蒂娜露台，夜晚

席琳和傑西坐在一座雕像的底座台階上，觀察周遭人來人往。一名表情嚴肅的男子拿著袋子從他們面前走過。

傑西

妳看到那個男的沒？我們再也不會見到他了。我們的生命就只交會在這一刻。

那男子突然轉身往回走。

席琳

我總是在好奇那種事。比方說,想到他手裡的那個袋子。我會好奇裡面裝了什麼。如果你認為他帶的是要用來炸掉歌劇院的炸彈,因為他去參加唐潢這個角色的試演失敗了,那麼他的嚴肅表情就會變成憤怒惡毒的面孔。可是如果你想像他的袋子裡裝了禮物,要送給他就快死去的年輕老婆,那麼他就會變得可憐兮兮,引人同情,讓你想給他一個大大的擁抱。

傑西

嗯。

席琳指著一位看起來很像藝術系學生的年輕女子。

席琳

她正在想昨天在電視上看到,講脫衣舞孃的一個節目,雖然她的朋友們都覺得很噁心,可是她正在考慮放棄低薪的辦公室工作,轉到那一行試試看。

一名看起來像書呆子的男人從他們面前走過。

傑西

那邊那個男的⋯⋯被山達基[6]拒絕了,其實是自由人格測驗沒過——他們不需要他。

---

6 山達基(Scientology),創始於1952年,結合信仰和修行活動的新興宗教。因其富爭議的教義和遭指控的斂財行為而被部分國家認定為邪教並正式監控的組織。

34 戶外：艾爾貝蒂娜露台，夜晚

兩人坐在窗台上俯瞰燈火通明的歌劇院。

傑西

我覺得我們好像走在夢中世界一樣。

席琳

好怪喔。就像我們在一起的時間只屬於我們——是我們自己創造出來的東西。就好像，我在你的夢裡，你在我的夢裡。

傑西

是啊，我們今天晚上所做的一切原本都不該發生。

席琳

也許那就是這件事感覺那麼超現實的原因。

（停頓片刻）

不過呢，等早上一到，我們就會變成南瓜。

傑西

哎，我不想談明天早上。

席琳

可是到了這個階段，我想你應該拿出玻璃鞋，看看合不合我的腳了。

兩人都笑了。

35 戶外：餐廳，夜晚

兩人坐在一艘改裝成餐廳的大船「約翰史特勞斯號」上。露天雅座很安靜，兩人坐在船首附近。

> **傑西**
>
> 我有個長輩朋友跟我說，他小孩出生的時候——小孩是在家接生的，他在一旁幫忙——在那神聖的一刻，他心裡只想到死亡。他看著小嬰兒初嘗生命的滋味，努力呼吸第一口空氣，知道他有一天也會死。我朋友怎麼也無法甩掉這個念頭。

> **席琳**
>
> 我想那就是人生這麼有趣的原因——因為它就是會結束。

> **傑西**
>
> 我知道，死亡讓活著更有份量。

> **席琳**
>
> 不過，今天晚上對我們來說也是一樣。如果我們知道下星期會再見面，散發出來的能量就會不一樣吧。

> **傑西**
>
> 是啊，我知道。

> **席琳**
>
> 你想，明天早上過後，我們還會再見面嗎？

傑西

我不曉得。妳覺得呢？

席琳

是我先問你的。

傑西

嗯，我在想要怎麼……我不曉得我會不會很快再來歐
洲。妳會有機會到美國來嗎？

席琳低下頭擱在桌上，神情沮喪。

席琳

噢，老天，我不想去談我們要怎麼再見面的實際問題。
還有搭飛機。讓我們像個成熟的大人理性思考吧。

傑西

好吧，理性一點。

席琳

我們應該試試別的。

（停頓片刻）

如果今天晚上是我們唯一的夜晚，也沒什麼不好的。說
不定就讓它變得很特別。

傑西

對啊，通常都是交換電話號碼，然後打個一次，頂多寫
信一、兩次……

席琳

然後慢慢就會不了了之。

傑西

我討厭那樣。

席琳

有個知名作家——我不記得是誰了——說過,理想的關係是充滿張力的兩年,斷得乾淨、重新開始、一輩子的朋友,那類的。就好像,如果你知道你們的關係在兩年之內就會結束,那麼就不會有空間爭吵,也沒時間可以浪費。會更愛對方,也會更欣賞對方。就好像,如果你知道你遇到的人午夜就會死去,你就會變成更慈悲的人。我是說,每個人都會死,可是既然沒人知道是什麼時候,所以有一大堆時間可以互相折磨。

傑西

話說回來,我們為什麼認為感情就該持續一輩子,只要沒有就是失敗?

（停頓片刻）

但我討厭那種想法,認為我們只是夜裡的遊船。我想我每次心情沮喪,都是覺得生命只是一連串短暫交會的時候。我是說,你從小到大認識的人,有多少還在你的生命中?那些和你一起長大的人呢?像是我一年級的校車司機凡希可小姐,她後來怎麼了?過著怎樣的生活?

一名流浪小提琴手走進餐廳,拉著一曲華爾茲。

席琳

可是對某些人來說,沒有真正的道別。我想,如果你跟

某人有過一段有意義的經歷、真正的溝通，那麼某方面來說，他們永遠跟你在一起。我們全都是彼此的一部分，但我們永遠無法得知是以什麼方式。

傑西

所以我們講好囉？明天早上就離開？

席琳

我想那是唯一的辦法。我們一起共度的時間有很特別的地方，我不想貶低它的價值。如果我們硬要強求更多，就好像拚命要把自己商品化或什麼的。

傑西

好，沒有妄想，沒有預設，只要好好度過今夜。

席琳

而且永遠都會屬於我們。

傑西

我們應該來個特別的握手儀式什麼的。

席琳

好啊。

兩人握了握手，然後看看小提琴手。

36 戶外：熱鬧的街道，夜晚

席琳和傑西走在一條夜店林立的熱鬧街道上，看見一群人圍著一個正在

跳舞的女人，還聽見指鈸拍打的樂音。有個男的坐在地上打中東鼓，節奏令人迷醉。席琳神情興奮抓住傑西的手臂，拉著他擠進人群，找到一個好位置看那個女人跳中東舞。她的舞步獨特，令人興奮，看得觀眾反應熱烈。表演結束後，席琳掏了兩張鈔票放在女舞者腳邊人行道上的鈴鼓裡，然後和傑西跟著散去的群眾走在街上。剛才的舞蹈顯然讓她深受感動。

席琳

我看過講那種東西的紀錄片——那是誕生之舞。

傑西

誕生之舞？那是什麼？

席琳

是從前女人在生產時跳的舞。在世界上的某些地方，他們還是照做不誤。準備分娩的女人會走進一個帳棚，她部落的女人們會團團圍住她，用軀幹和骨盆來跳舞，鼓勵那個要生產的女人加入她們的行列，來減輕生產過程的痛苦。等嬰兒出生了，她們就會共舞慶祝。

傑西

哇！我媽一定不會那樣做。

席琳

可是那其實是原始舞蹈。他們認為女人主要是為了其他女人才這樣做的，作為某種繁殖儀式。

傑西

真酷。

席琳

那種東西很美。跳舞當成普遍的生活功能，人人都能參與，我喜歡這樣。

傑西

我知道。我聽過一個故事，有個老人看見一群年輕人跳舞，便說：「跳得真美。他們想甩掉自己的生殖器，變成天使。」

（停頓片刻）

不過，回到剛才的話題。當女人為了諸神和自己跳舞慶祝，歌頌靈性的時候，男人都到哪兒去了？出外尋找食物嗎？或者只是被排除在外？看吧，難道妳們不需要我們？

席琳

我們沒在交配之後把男人的腦袋咬掉，男人就算走運了。某些昆蟲會這樣做，像是蜘蛛之類的，你知道吧。我們至少讓你們活下去。你們還有什麼好抱怨的？

席琳笑了，因為傑西抓住她的話頭。

傑西

妳明明在開玩笑，卻一直提起這個話題，絕對有什麼。

席琳（打斷傑西）

沒有，沒有啦。好了，講正經的。我是說，我會感覺到這股壓力：成為堅強獨立的女性偶像，別讓自己的人生一副繞著某個男人打轉的樣子。可是，男人付出的愛，以及我回報對方的愛，對我來說意義重大。雖然我老愛

拿它開玩笑什麼的,可是我們在人生裡所做的一切,不
就是為了得到更多的愛或什麼的嗎?

傑西

我有時會想像自己是個好父親、好丈夫,有時覺得近在
眼前,有時又覺得很蠢,娶妻生子只會毀了我的下半輩
子。我不是害怕承諾或沒辦法愛人、照顧人什麼的,而
是如果我百分之百坦誠,我必須說我寧可自己精通某件
事,成為某方面的專家或高手,而不是擁有一段美好、
充滿關愛的感情。

席琳

你知道嗎,我替某個上了年紀的男人工作過。有一次他
跟我說,他這輩子滿腦子都是事業和工作,現在52歲
了,卻突然想到自己從來沒對別人付出過什麼,也不為
他人或什麼事而活。他說這些話的時候,都快哭了。

(停頓片刻)

我真的相信,如果有某種神存在,他不會在我們任何人
身上——不是你,也不是我——而是在介於我們之間的
空間裡。如果這個世界有什麼魔法,一定就在嘗試理解
他人、分享什麼之中,即使幾乎不可能成功。但是誰在
乎啊——答案一定就在嘗試之中。

37 室內:舞廳,夜晚

兩人走進一間有些冷清的小舞廳,只有一對情侶在舞池裡,還有三、五
名客人散坐著——都是打算徹夜不歸的。兩人分頭而行,傑西走到吧台
邊,開始和酒保交談,請他幫忙。席琳走到一張沒人的桌前,悄悄拿了
兩只酒杯。舞廳另一頭,年長的酒保一臉不悅,但傑西還是打破僵局說

動了酒保，給了他一瓶紅酒。忽然間，喇叭響起路‧克利斯帝的〈雷擊〉，傑西踩著誇張的舞步走過舞池，準備到門口和席琳會合。他努力跟著節奏，跳得還不錯。

38 戶外：公園，夜晚

稍後，兩人坐在公園的僻靜角落，朝酒杯裡倒酒。

席琳

我這一生當中，身邊常常有人陪伴，共享美麗的時刻，像是旅遊或是熬夜看日出，我知道那是特別的一刻，可是總有什麼地方不對勁。我好希望自己身邊是別人。我知道他們不會了解我的感受——這種感受對我來說卻無比重要。可是，跟你在一起，我很開心。你不可能知道，這樣的夜晚對我目前的人生來說，為什麼那麼重要，但真的很重要。我覺得這個早晨棒極了。

傑西

真棒的凌晨。

（停頓片刻）

妳覺得我們以後還有機會一起過早晨嗎？

席琳

那我們的誓約呢？

傑西

好啦，我知道。

（停頓片刻）

我也有過希望某人不在這裡的感覺，只不過我常覺得那個某人是我自己。

席琳抬頭看他。

傑西（接著說）

我從來沒有去過沒去過的地方，沒有吻過沒吻過的人，沒有看過沒去看的電影，沒有不一邊打保齡球一邊說蠢笑話。

席琳微笑著，沒有把他的話太當真。

傑西（繼續說）

沒有，我是說真的，我想這就是為什麼很多人都討厭自己。我是說，假如我們結婚了，妳幾年後一定會痛恨我的某些怪癖，像是不安的時候會猛喝酒，或老愛對同桌吃飯的情侶夫妻說一些誇張的觀念，賣弄學問等等。可妳看，我很清楚自己的過去，所以當然會受不了自己。可是我們今天在這裡共度的時光完全在時間之外，讓我感覺跟妳在一起的不是我，而是另一個人，不受過去的糾纏。只有吸毒、喝酒或跳舞之類的事才能給人同樣的感覺，讓人忘記自己。

席琳

還有打炮……

傑西抬頭微笑看她，有一點吃驚。

傑西

是啊，打炮。

席琳

你知道我想要什麼嗎？

傑西

什麼？

席琳

有人吻我。

傑西

這我可以效勞。

傑西支起身子吻了她，並想更進一步。

席琳

我一定要說點蠢話。

傑西

請說。

席琳

很蠢喔。

傑西

沒問題。

席琳

我想我們不應該做愛。我想要，可是既然我們不會再見
面，那樣會讓我覺得很糟糕。我會好奇你後來跟誰在一

起。我會想你。我知道這種反應很不成熟……也許女人就會這樣吧……我就是忍不住。

傑西

好吧，那我們就再見面啊。

席琳

不要。我不希望你是為了找人上床，才打破我們的誓言。

傑西

我不是只想打炮，而是想和妳做愛。我們不是早上就要分開了嗎？我想我們應該做愛。

席琳

不。那就像男人的某種幻想——在火車上認識一個法國女生，跟她打炮，再也不會見到她，然後就有精采的故事可以說嘴。我不想變成精采的故事。我不希望我們這麼棒的夜晚只是為了那件事。

傑西

好吧，那我們不做愛。

席琳

你不想再見到我了嗎？

傑西

不是，我當然想再見到妳。我是說，馬的，如果現在要我選擇和妳結婚或再也見不到妳，我一定會娶妳。我是說，也許這只是甜言蜜語，但很多夫妻連甜言蜜語都沒

有就結婚了，所以我想我們不會比別人差。妳想和我做
愛嗎？

席琳

唔，其實我下火車的時候，就已經決定要跟你上床了。
可在我們聊了這麼多之後，現在我也不確定了。我幹嘛
要把每件事都弄得那麼複雜啊？

傑西

我不知道。

天空出現第一道晨光，兩人開始做愛。

39 戶外：街上，清晨

席琳和傑西緩緩走著，動作有一些不自然，兩人都若有所思。

傑西

妳回到巴黎第一件事會做什麼？

席琳

打電話給我爸媽。你呢？

傑西

我會去接我的狗，牠住在我死黨家。

席琳

啊，我最愛小狗了。

> **傑西**
>
> 可惡！我們回到現實世界了。

> **席琳**
>
> 好可怕。令人無法忍受。

從剛才就有大鍵琴聲從遠處傳來。

> **傑西**
>
> 妳聽到了嗎？

> **席琳**
>
> 嗯……那是什麼聲音……是大鍵琴嗎？

> **傑西**
>
> 我們去看看聲音到底從哪裡來的。

兩人追著巴洛克曲調的琴聲走去，樂音越來越大。最後兩人終於找到琴聲的源頭。隔著和人行道齊高的窗戶，他們看見地下室有個男人在彈大鍵琴。屋裡裝潢完全是17、18世紀的風格：木地板、老家具和畫作。這樣的擺設加上優美強烈的音樂，感覺宛如一幅活畫像，令人震撼不已。兩人偶爾四目交會，但都沒有說話。音樂結束後，席琳和傑西對自己的偷窺行為感到尷尬，便悄悄離開窗邊。傑西牽起席琳的手。

> **傑西**（接著說）
>
> 妳可以跟著大鍵琴跳舞嗎？

> **席琳**
>
> 不知道。也許可以吧。

兩人在人行道跳了一小段舞。

40 戶外：艾爾貝蒂娜露台，凌晨

兩人坐在長椅上，仰頭靠著椅背，欣賞清晨的浮雲。

席琳

你稍早講過，夫妻過了幾年以後，會因為能夠預測對方的反應，或者對對方慣有的言行舉止覺得厭煩，而開始討厭對方。我想，對我來說恰好相反。當我對他的一切瞭若指掌——他頭髮怎麼分線，他那天會穿什麼襯衫，知道他在特定狀況下會說什麼故事，我想我就能陷入愛河。我確定到了那個時候，我就知道自己真正戀愛了。

傑西只是笑笑地看著她，接著又緩緩抬頭仰望天空。

傑西（怪腔怪調）

歲月飛逝如兔……

席琳

什麼？

傑西

沒事。我有一捲錄音帶，是威爾斯詩人迪倫·湯馬斯朗誦英裔美國詩人奧登的詩。他聲音非常棒，有點像這樣……

（怪腔怪調）

但城市裡的晚鐘

都開始齊聲合唱

別讓時間騙了你

誰都無法征服它⋯⋯

在頭痛與煩憂中
生命悄悄流逝
時間將做起美夢
於今朝或明日

41 戶外：火車站，破曉

席琳從置物櫃取出行李，兩人沿著月台走到她的車廂。面對終將來到的別離，兩人都顯得有些軟弱，甚至害羞。

席琳

所以你知道要搭什麼巴士去機場囉？

傑西

知道，沒問題的。

席琳

我想就到此為止了，對吧？

傑西

是呀，我真的⋯⋯妳知道。

席琳

我知道。我也是。

（停頓片刻）

你騙了我，你知道吧。

> ### 傑西
> 怎麼說？

> ### 席琳
> 你跟我說，我們共度的時光，總有一天會讓我對未來的丈夫更滿意，可是現在我只會更疑惑了。

兩人久久沒有開口。

> ### 席琳（接著說）
> 要快樂喔，好嗎？努力工作，好好享受你做的一切。

> ### 傑西
> 我會的。也祝妳課業順利，一切順心。
> （停頓片刻）
> 我討厭這樣。

> ### 席琳
> 我知道。我想火車就要開了。

兩人彼此凝望，傑西伸手緊緊握住席琳的手。兩人微笑，知道他們都被這一次意外的邂逅改變了。兩人溫柔地擁抱了對方一會兒，然後分開。席琳突然轉身踏上通往車廂的階梯。走到最上面一階時，她遲疑片刻，接著回頭看看傑西。傑西一直看著她。他示意要她等一下。

> ### 傑西
> 嘿，我們之前說的都是放屁，蠢斃了——我才不要那樣做。

她笑了。

傑西（繼續說）

而且我沒有騙妳，我會證明的。

席琳

是嗎？

傑西

我跟妳一起走。

席琳差點笑了出來。

席琳

不要啦。你會把我逼瘋的。你不會講法文，一定什麼都
要靠我幫你處理。這會是個天大的錯誤。

（停頓片刻）

席琳

不過，也許我們應該五年後再見個面。

傑西

是嗎？妳真的那麼想？五年？

席琳

不，不。五年太久了。那就像是社會學的實驗。一年如
何？

傑西

好啊，一年。一年？六個月怎麼樣？

席琳

到時會冷死吧。

傑西

好，那我們可以在這裡碰面，然後去別的地方。

席琳

好。可是，六個月是從現在，還是從昨天晚上算起？

傑西

昨天晚上。對，從昨天晚上算起的六個月後，也就是12月16日晚上六點，第11月台。妳坐火車就到了，我還得搭飛機。不過，嘿，我一定會來。

席琳

好。我們不寫信，也不打電話什麼的，對吧？

傑西

沒錯。但六個月後見。

兩人都笑了，接著匆匆吻別。

席琳

再見。

傑西

掰。

兩人終於分開，席琳消失在車廂裡。

42 室內／戶外：清晨（蒙太奇）

席琳找到座位。傑西從置物櫃取出行李轉身離開。火車緩緩駛出車站，大鍵琴聲悠悠揚起，席琳和傑西昨晚經過的場景一一閃過。這些地方在晨光下看起來和昨晚有一些不同。雖然這麼早不見什麼人影，但氣氛開始轉變。傑西坐在開往機場的巴士上，接著畫面轉到他們唱歌跳舞、仰望天空的公園。一名年邁婦人緩緩走過草地。席琳調好舒服的姿勢，正在看書。接著她抬起頭，望著窗外飛逝的景色。

畫面淡出。

愛在日落巴黎時
Before Sunset

導演
李察・林克雷特

編劇
李察・林克雷特、茱莉・蝶兒、伊森・霍克

故事
李察・林克雷特、金・克里桑

角色塑造
李察・林克雷特、金・克里桑

演員

傑西	伊森・霍克 飾
席琳	茱莉・蝶兒 飾
書店經理	Vernon Dobtcheff 飾
書店經理	Louise Lemoine 飾
法國記者一	Torres 飾
法國記者二	Rodolphe Pauly 飾
女侍者	Mariane Plasteig 飾
司機（菲利普）	Diabolo 飾
船務員	Denis Evrard 飾
中庭的老人	Albert Delpy 飾
中庭的女人	Marie Pillet 飾

1 戶外：巴黎，午後

法國配樂家喬治・德勒昏為電影「安東與柯蕾」創作的主題曲響起，片頭字幕出現，鏡頭帶到巴黎各處，包括街道、地標和8月午後的許多美麗景物。最後轉到莎士比亞書店全景，隨即切到書店櫥窗上一張公告的特寫。公告上寫著活動內容，外加一張顯眼的照片：**傑西・華勒斯，新銳作家，暢銷小說《此時此刻》作者，8月23日週六與讀者相會**。照片中的傑西一副若有所思的模樣，一名法國記者的發問聲從書店裡傳來。

法國記者一

您覺得這部小說帶有自傳色彩嗎？

2 室內：莎士比亞書店，午後

30歲出頭的傑西悠閒坐在這間風格獨特的書店內，被幾名記者和顧客包圍。

傑西

所有東西都帶有自傳色彩，不是嗎？我的意思是，我們每個人都從自己的小小鑰匙孔往外看世界。我經常想到美國小說家湯瑪士・伍爾夫──你們讀過他在小說《天使望鄉》前面附上的那篇只有一頁的〈致讀者〉嗎？。你們知道我在講什麼嗎？

只有少數人點頭。

傑西（接著說）

總之，他說人是生命所有片刻的集合，所有寫作者都會

利用自己的生活作為陶土,那是必然的。我記得他說過沒有比《格列佛遊記》更自傳的作品了。

3 室內／戶外:《愛在黎明破曉時》的畫面(蒙太奇)

對話進行的同時,畫面出現將近90秒《愛在黎明破曉時》的片段,悄悄交代過往:男孩在火車上遇到女孩、男孩和女孩相識、男孩和女孩接吻、越來越親近、在黎明時別離。

傑西

當我回顧自己的過去,我得承認那裡頭沒有槍枝或暴力,沒有直升機墜毀,也沒有政治陰謀。但對我來說,我的生活還是高潮迭起。而其中最讓我興奮的一段經歷,就是與另一個人有了交集。而我想,要是能寫本書記錄它,讓那段交集變得有價值,變得有可能……總之,這就是我的動機。我不知道這樣有沒有回答到你的問題……

法國記者一

我問得更具體一點。您是不是真的在火車上遇到一名年輕的法國女子,和她共度了一個晚上?

傑西

看吧,我說了,那不是重點。

法國記者二

所以有囉?

傑西

好吧，既然這是我打書的最後一站，而且又在法國，我就跟你說了吧。有。

《愛在黎明破曉時》的蒙太奇片段接近尾聲，最後一幕是席琳和傑西在火車站分離前的場景。

法國記者一

小說結尾很不明確，我們都不知道結局是什麼。您認為男女主角六個月後真的依約碰面了嗎？

傑西

我想從你的答案可以看出你是浪漫主義者，還是憤世嫉俗的人。

他看著那群記者，逐一指著他們對他們說。

傑西（接著說）

你覺得他們兩人重逢了，你覺得沒有，而你又希望他們有，可是不確定。

法國記者一

但您呢？您覺得他們重逢了？在現實生活中又是如何呢？

傑西

唔，套句我爺爺常說的話，說出來就沒搞頭了。

還在鏡頭之外的書店經理開口說話。

經理

最後一個問題。

4 室內：莎士比亞書店，午後

畫面又回到書店內。

法國記者二

您的下一本書是？

傑西

我一直想寫一本書，所有情節都發生在一首流行歌之內，故事就和歌曲一樣長。

法國記者一

哪一首歌呢？

傑西

不知道，我還沒開始寫——可能是披頭四的〈漫漫曲折路〉吧……故事的男主角住在岳家在邁阿密買的濱海公寓，生活沮喪到極點。他最大的夢想就是成為探險家和情聖，騎著機車橫越南美，結果卻坐在大理石桌前啃著龍蝦。他有一份好工作和漂亮的妻子，什麼都不缺，但這一切都毫無意義——他只想追求生命的意義。

書店另一頭，席琳從書架後方出現，她一直躲在後面聽著。

傑西（繼續說）

美好的是過程，對吧？而不是得到想要的東西。這時，

他的五歲女兒忽然跳到桌上。他知道她不該這麼做，因為可能受傷，但她穿著夏日洋裝隨著一首流行歌在桌上翩翩起舞。

席琳看著傑西。

傑西（接著說）

忽然間他回到16歲，高中女友開車送他回家。他們剛剛失去了童貞，她很愛他。車上收音機播著同一首歌，她爬到車頂上隨歌起舞。他開始擔心她。她長得很美，臉上表情和他女兒一模一樣，或許這就是為什麼他喜歡她。他知道自己不是在**回想**，而是置身其中——他同時身處在兩個地方。他甚至不讓女友吻他，免得讓女兒不開心。兩個片刻都是真實的，同時發生，他的生命瞬間交疊在一起。對他而言，時間顯然是個謊言……

他抬起頭來，這才發現席琳來了。

傑西（接著說）

這種事一直都在發生，每個片刻都包含別的片刻，統統同時發生。

他停頓半晌，目光依然盯著席琳，不知所措。

傑西（繼續說）

總之，就是這個想法吧。

經理

我們的作者必須趕去機場了。非常謝謝各位今天下午光臨，尤其感謝華勒斯先生與我們共度，希望很快再見到

您和您的新作品。好了，現在就請各位盡情享用香檳和
小點心吧。

客套的掌聲之後，人群開始散去。傑西回頭看了看席琳，席琳朝他揮
手。傑西示意經理他有事找他。

傑西（對經理）

我還有多久得離開趕去機場？

經理

你應該七點十五分出發，最晚不能超過七點半。

傑西

好的⋯⋯

傑西走向席琳。

傑西（接著說）

嗨。

席琳

哈囉。

兩人有點尷尬地互親臉頰。

傑西

妳好嗎？

席琳

還不錯，你呢？

傑西

我很好。妳想喝杯咖啡什麼的嗎？

席琳

他剛剛不是說你要趕搭飛機？

傑西

我還有一點時間。想出去晃晃嗎？

席琳

好啊。

傑西

那就走囉？

傑西走回經理身旁。

傑西(接著說)

我 30 到 45 分鐘後回來。我們就只去喝杯咖啡。

經理

好的，但記得找司機菲利普拿名片，這樣你才知道他的
手機號碼。要是趕不及，就打手機給他。我們會先把你
的行李放在車上，這樣你去機場才不會遲到。

傑西

好的，謝了。

傑西和席琳朝門口走去。途中他耽擱片刻，簽了一本書，又跟司機要了
名片。席琳先行離開。

5 戶外：走出書店，午後

走出書店，傑西雙手放在席琳肩上，目不轉睛望著她。

傑西

沒想到妳竟然會出現！

席琳

我就住巴黎啊。你確定你不用留下來？你不是應該跟那些人聊聊？

傑西

沒關係。他們已經受夠我了 ——我昨天晚上在這裡過夜。

席琳

真的？

傑西

他們樓上有間閣樓。妳好嗎？這真是太怪了。

席琳

我還好。很高興見到你。

傑西

我也很開心見到妳。

席琳

所以你想去咖啡館嗎？

傑西

好啊。

席琳

有一家稍微遠一點，是我很愛的店。

傑西

沒問題。

兩人開始出發。

傑西（接著說）

剛才在書店看到妳，我想我差點克制不住自己。妳怎麼
會知道我在這裡？

席琳

那是我在巴黎最愛的書店。可以連續坐好幾個小時。我
很喜歡——即使有跳蚤。

傑西

我想昨晚有隻貓睡在我頭上。

席琳

大約一個月以前，我在書店的活動行事曆上看到你的照
片，還有你要來的消息。真好笑，我讀了一篇講你這本
書的文章，內容聽起來隱約有點熟悉，可是直到看到照
片，我才把整件事兜起來。

傑西

那妳看了嗎？

席琳

有啊。你可以想像我真的很詫異。

（停頓片刻）

而且我其實還看了兩遍呢。

傑西目不轉睛地望著她。

傑西（法文）

Comme ci, comme ça（馬馬虎虎嗎）？

席琳

不會，我真的很喜歡——很浪漫。通常我不喜歡浪漫的東西，可是寫得滿好的。恭喜。

傑西

謝了。

席琳突然停下腳步看著傑西。

席琳

可是在我們轉移陣地前，我得先問你。那年12月你去維也納了嗎？

傑西

妳呢？

席琳

我沒辦法去，但你去了嗎？我一定得知道，這對我很重要。

傑西（逗席琳）

既然妳都沒去了，有差嗎？

席琳

你去了嗎？

傑西

沒有。

席琳

噢，感謝老天你沒去。

傑西

是呀，謝天謝地妳也沒去。要是只有妳或我出現，感覺一定糟透了。

兩人繼續前進。

席琳

我知道。我一直掛念著那件事。我當時去不了。我沒出現這件事一直讓我覺得好糟糕。我奶奶在那的幾天前過世了，她那天要下葬，就是12月16日。

傑西（幾乎鬆了一口氣）

她過世了？住在布達佩斯的那個奶奶？

席琳

你怎麼會記得？

傑西

我什麼都記得。

席琳

噢，當然了。就寫在你的書裡嘛。總之，我正要搭飛機去維也納跟你碰面，就接到她的消息。我當然就跟我爸媽去參加喪禮了。

傑西

我很遺憾。

席琳

可是，反正你又沒出現。

（突然起疑）

等等，你為什麼沒去？如果可以，我會去的——我老早就計畫好了。你最好有充分理由。

兩人慢下腳步，停下來四目相望。她突然明白他剛才撒謊。

席琳（接著說）

噢，不會吧！所以你去了，對不對？

傑西（沮喪貌）

對。

席琳

啊！好糟糕！真抱歉。雖然我在笑，可是並沒有想笑的意思。你那時候很恨我嗎？你一定恨死我了。

（停頓片刻）

還是你一直都在恨我？

傑西

沒有。

席琳

有，你恨我，可是你現在不能恨我了。

傑西

沒有……我真的不恨妳。拜託，這又沒什麼。我飛過
來，妳食言而肥，我從此不再相信愛情，生活一蹶不
振。但，嘿，沒什麼大不了的。

席琳

不會吧！

傑西

我是開玩笑的。

席琳

我不敢相信。你一定很氣我。真抱歉——我想去得不得
了。可是你不能再生我的氣了。我是說，我奶奶都——

傑西

說真的，我有預感事情會是這樣。我很不爽，但更氣的
是我們竟然沒有交換電話號碼或其他聯絡方式。

席琳

我知道。蠢斃了——竟然沒辦法聯絡。我連你姓什麼都
不知道。

傑西

對啊！我們一點辦法也沒有。

席琳

我那時臭罵個不停……一直念說，要是可以聯絡到他就
好了。

傑西

我知道。還記得我們為什麼不留聯絡方式嗎？……我們
很怕一旦打電話或寫信，感覺就會慢慢淡掉。

席琳

絕對不會慢慢淡掉。

傑西

顯然不會。

席琳

是啊，我們本來要從中斷的地方接續下去的，原本是個
滿好的想法，要是──

傑西（接話）

要是我們真的見到面的話！唉。

席琳

所以你那時在維也納待了多久？

傑西

幾天吧。

席琳

你有認識別的女生嗎？

傑西

有啊，她叫葛芮琴，很棒的女孩子。書裡的女主角其實是妳們兩人的綜合體……

席琳

真的嗎？！

傑西

騙妳的啦……我甚至到火車站貼了一張告示，註明我的旅館房號，免得妳晚到半天找不到我……真蠢。

席琳

那你有沒有接到什麼電話呢？

傑西

只有幾個想拉客的妓女。

（停頓片刻）

嘿，那麼糟的事，妳還要我說什麼？

席琳

噢，好悲哀。真抱歉。

兩人又繼續往前走。

傑西

所以我在那裡晃了一陣子，然後就飛回美國了。我還欠我老爸兩千美元呢，他一直警告我要小心法國妞。

席琳

他怎麼跟你講法國女人的？

傑西

沒什麼，就一堆廢話。他根本從來沒跟法國女人交往過。我想他連密西西比河以東的地方都沒去過。

席琳

你為什麼不把六個月之後的部分放進書裡？

傑西

我有啊！

席琳

真的嗎？

傑西

我虛構了一個結尾，寫妳真的有出現。

席琳

是嗎？那發生了什麼？

傑西

喔，我們做愛一連做了十天……

席琳

挺有趣的嘛。

傑西

然後他們更認識對方，結果發現彼此並不合適。

席琳

我喜歡這樣⋯⋯比較真實。

傑西

我的編輯可不這麼想。

席琳

嗯，每個人都想相信愛情。是好賣點。

傑西

這倒是。

席琳

但你都還滿順利的嘛？

（停頓片刻）

你的書在美國很暢銷啊？

傑西

只是小賣而已，不過嚴格來說算是吧。但話說回來，大
多數人都沒讀過《白鯨記》，幹嘛讀我的書？

席琳

我也沒讀過《白鯨記》，可是我喜歡你的書，即使我認為
你把我們那天晚上寫得有點太理想化了。

傑西

嘿，那是小說嘛。

席琳

我知道，可是我覺得你有時候把我 —— 我是說她 ——

不，是我——寫得有點……神經質。

傑西

但妳真的有一點神經質。

席琳

我知道……什麼！！！

傑西

開玩笑的啦。但講真的，我哪裡說妳神經質？

席琳

也許只是我的感覺啦……讀某個東西，知道故事裡的角
色是根據自己寫的，感覺好怪。一方面覺得飄飄然，同
時又很不安。

傑西

為什麼不安？

席琳

我不知道。就是成為某人回憶的一部分，突然透過你的
眼光看我自己吧。你花多久時間寫的？

傑西

斷斷續續寫了三、四年吧。

席琳

花那麼久時間寫一個晚上的事情啊。

傑西

就是說嘛。那陣子我覺得自己好像跟妳生活在一起。

席琳

我一直以為你已經忘掉我了。

傑西

妳在我心裡的影像很鮮明的。有件事我一定要告訴妳：
我一直想再跟妳聊天，想了好多年了……

席琳

我也是。

傑西

感覺好不真實。現在我覺得自己講的話都會……

席琳

是啊，那現在我們——怎麼？——有20分又30秒的時間？

傑西

沒那麼短，還久得很。我想多了解妳。妳都在做什麼？

席琳

呼。該從哪說起呢？我在綠十字工作。是個環保組織。

傑西

哇！綠十字是做什麼的？

席琳

我們基本上要處理很多不同的環境議題，從潔淨用水到
裁撤化學武器——你知道的，就是跟環境有關的國際
法。

傑西

妳在裡面負責什麼？

席琳

各式各樣的事情。去年我到印度待了一陣子，負責處理
濾水廠的事。

傑西

哇！

席琳

當地的棉花工業是主要的污染源。

傑西

我得說我很敬佩妳，因為感覺妳真的在**做**事。大多數
人只會抱怨，我也不例外。抱怨美國占用了全球的資
源，在中國設立血汗工廠，休旅車爛透了，還有全球暖
化……

席琳

聽到你不是自由薯條派（譯注：2003年3月11日，美國國會
的自助餐廳把菜單上的「法國薯條」正式改名為「自由薯條」，
以示對法國反對美國進軍伊拉克的不滿。）的美國人，真的
讓我鬆了口氣。

傑西

才不是。但我得說妳做的事情真的很酷。妳是怎麼進這行的？

席琳

我讀完政治學之後，想替政府做點事。我的確做了一陣子，後來我很厭煩自己跟朋友聊天的時候，開口閉口都是這世界就要分崩離析了。我領悟到，我唯一想做的，就是把目光放在真正可以修正的事情上，然後努力去修正它們。

傑西

我得說妳真厲害。我從以前就覺得妳以後會做很酷的事。

席琳

謝謝。我運氣不錯，能做自己真正喜歡的工作。

傑西

妳知道，我的感覺老是反反覆覆，一會兒覺得一切註定會搞砸，一會兒又覺得事情還是有機會好轉。

席琳

好轉！你怎麼可能那樣想？

傑西

我知道這麼說很怪，但我還是覺得有值得樂觀的地方。

席琳（插話）

好啦，我知道你的書滿暢銷的，可是你在說什麼啊？這

世界現在明明亂成一團。

傑西笑了。

席琳（接著說）

從西方的觀點來看，狀況是有點改善了——我們把自己
的工業全都搬到開發中國家，為了享有更廉價的勞工，
擺脫環保法條的限制。武器工業卻整個失控。每年有
500萬人因為水的問題生病死掉，那些原本是可以避免
的。所以這個世界哪裡好轉了？我沒在生氣，但我真的
想知道。

傑西

我知道很多問題很嚴重，像是整個亞洲沒有人要出版我
的書。

兩人都笑了。咖啡館快到了。

傑西（繼續說）

但我覺得大家越來越意識到這些問題。世界很可能因為
你們這些讀過書、懂很多又敢發言的人而變得更好。隨
著大家越來越有意識，教育水準越來越高，諸如婦女議
題、種族平權、性權益、兒童福利之類的問題也⋯⋯

席琳

我知道。

傑西

我的意思是，保育的概念和環境議題——這些詞彙直到

最近才出現——正逐漸成為標準，最終一定會成為普世
價值。

席琳

我同意你的說法，可是那很危險。主張帝國主義的國家
可以用那種想法來合理化自己的經濟貪婪。人權議題是
我唯一……

6 室內：咖啡館，午後

兩人走進咖啡館，終於坐了下來。

傑西

妳這裡說的帝國主義有特別指哪個國家嗎，法國妞？

席琳

沒有，其實沒有。我們坐這裡好嗎？

傑西

很好。我真正想說的是，這世界可能跟人一樣是不斷演
變的。就拿**我**當例子好了……我是變好了？還是變糟
了？我年輕的時候比較健康，但充滿不安全感。現在我
年紀大了些，問題更深了，但也更有能力去處理了。

席琳

你有哪些問題？

停頓很久。

傑西

現在嘛，我覺得沒有——我超開心在這裡的。

席琳

我也是。你來巴黎多久了？

傑西

我昨天晚上到的。12天跑了10個城市——真高興終於結束了。我已經受夠老王賣瓜了。

女侍者走到桌邊。

女侍者（法文）

日安，兩位用餐嗎？

席琳

你想點什麼？

傑西

咖啡就好。

席琳（法文）

我們不用餐。一杯咖啡、一杯橘子汽水加冰塊。

傑西

我愛這裡的咖啡，比美國好太多。

席琳

我住那裡的時候，完全沒辦法喝咖啡。

傑西

妳住過美國？哪時候？

席琳

從 '96 年到 '99 年。我在紐約大學念書。

傑西

不會吧！

席琳

怎麼了？

傑西

喔，哇 —— 好扯。我從 '98 年就住在紐約。真是太誇張了 —— 我們那時都在紐約。

席琳

真怪。你知道嗎，其實我有想過，搞不好會碰到你。可是機率那麼小，對吧？我連你住哪個城市都不曉得。你不是在德州某個地方嗎？

傑西

我在德州待了很久，但後來覺得非離開不可，是時候該去紐約闖闖。那妳為什麼又回法國？

席琳

我讀完碩士，卻開始陷入偏執。因為媒體老是在炒那類東西 —— 什麼謀殺、幫派暴力、連續殺人魔的。

傑西

我了解。

席琳

我活在恐懼當中。壓垮我的最後一根稻草就是,某天晚上我聽到防火梯有聲音。我打電話報警,警察是來了……

傑西

三小時後吧。

席琳

等到我被強暴、殺害了十次左右之後。來的是個男警和女警。我跟他們形容我聽到什麼時,女警還得衝到樓下移開警車,留下我跟那個男警獨處,他馬上問我有沒有槍。我說沒有,他跟我說最好考慮弄一把來——說這裡是美國,不是法國。我跟他說,我根本不知道怎麼用槍射擊,對武器也沒興趣。就在那時他抽出他的槍來,對我說:

(用警察的語調)

「總有一天,會有人拿著這樣的東西對著妳的臉,如果妳想活久一點,就得在自己或他們之間做出選擇。」然後他們離開,隔天我還真的打電話去申請槍枝。我咧!竟然要申請槍枝!後來我才覺得,那個警察拔出槍來的做法很不對勁。

傑西

對啊,絕對是。

席琳

所以我取消了槍枝申請，反倒打電話去警局，想要申訴
這個警察的行為。

傑西

結果呢？

席琳

有好多文件要填，而我只有一張爛學生簽證，所以乾脆
放棄，把整件事忘掉。唔，但其實我怎麼也忘不掉。

傑西

顯然如此。

咖啡來了。

席琳

不過，我不介意再回美國──我很想念那邊很多東西。

傑西

像是什麼？

席琳

普遍來說，大家心情都滿好的，即使那可能是狗屁。像
是，「嘿，最近如何？太好了！那你過得怎樣？棒透了！
祝你今天過得愉快。」巴黎人很暴躁。你注意到了嗎？

傑西

真的嗎？我覺得這裡的人看起來都滿開心的啊。

席琳

他們並不快樂。也許我指的只是法國男人 —— 他們快把我逼瘋了。

傑西

法國男人怎麼了？

席琳

你也知道，法國男人喜歡美酒和美食 —— 他們很有趣——也許只是我運氣不好——但他們沒有那麼……

傑西

什麼？

席琳

那個詞怎麼說……？「好色」。

傑西

就這一點，我很驕傲自己是美國人。

席琳

你應該的——只有在那方面就是了。你有沒有在東歐待過？

傑西

沒有。

席琳

我還記得十幾歲去華沙，當時還是嚴苛的共產政權，那樣的政體我當然不苟同。

傑西

一定的。

席琳

真的完全無法苟同。可是，在那裡待上一段時間，我發現當中有些東西很有意思。過了兩三個禮拜後，我內在有了改變。那座城市相當陰鬱，又灰撲撲的，可是一陣子之後，我的腦袋似乎清晰起來。我在日記寫下更多內容，記下我不曾有過的想法。

傑西

共產主義嗎？

席琳

才不是哩！我不是共產黨員。

傑西

我知道。對不起，請繼續。

席琳

我花了點時間才弄清楚，為什麼我會有這麼不同的感覺。有天我散步穿過猶太墓園──我不知道為什麼，可是在那裡我突然想到──我意識到自己過去幾個星期遠離了許多習慣。電視播的是我不懂的語言，沒東西可買，到處都看不到廣告。所以我連續三個禮拜只是到處閒晃、寫作和思考。我的腦袋處於休息狀態，擺脫了瘋狂的消費欲望，我得說我幾乎進入了自然嗨的狀態。我的內心平靜極了，沒有想趕往哪裡或消費購物的奇怪衝動。也許一開始看起來很百無聊賴，但很快就變得很有精神，充滿熱情。

傑西

妳相信嗎，我們在維也納一起漫步已經是九年前的事
了？

席琳

不能相信，真不可思議。

傑西

感覺就像兩個月前的事……但其實是 '94 年的 6 月。

席琳

我看起來有什麼不一樣嗎？

傑西

嗯……妳頭髮那時是放下來的。妳可以……

席琳鬆開頭髮，傑西一直看著她。

傑西（接著說）

變瘦了一點吧，我想。

席琳

我以前很胖嗎？

傑西

沒有，不會。

席琳

你以前覺得我是個胖子。你寫了本關於胖妞的書。

兩人都笑了。

傑西

沒有啦，說真的——妳很美。那我看起來有什麼不一樣嗎？

席琳

沒有……你這邊跑出一條細紋。

她指著他眉頭之間的一條皺紋。

傑西

我知道，我知道。

席琳

好像疤痕。

傑西

疤痕？妳是說槍傷？

席琳

不，我喜歡。前幾天我做了個惡夢。那個夢好恐怖喔，夢裡的我做了個可怕的夢——夢見自己32歲，醒來發現自己原來是23歲，就鬆了口氣。結果，等到我「真正」醒來，卻發現自己是32歲沒錯。

傑西

唉，太慘了，偶爾就是會發生這種事。

席琳

時間越過越快。顯然因為我們在20歲之後，神經突觸就不再更新，所以之後幾乎就是一路走下坡了。

傑西

但話說回來，我喜歡變老。生命變得更直接而急迫，我也更懂得欣賞。

席琳

噢，我懂。其實我也滿喜歡這樣的。

傑西

我以前在樂團當過鼓手。

席琳

是噢？

傑西

嗯，而且我們混得還不錯。但主唱一心想找唱片公司簽約，整天都在想怎麼把演唱會場子弄大，幻想未來，結果現在連樂團都消失了。然而，回想我們當年的演出，即使是排練，我都覺得好好玩。我想我現在比較能享受當下了。

席琳

唔，你有書出版，還帶著書環遊世界……你很享受吧？

傑西

並沒有。

兩人都笑了。

席琳

你知道嗎，我看到有些人懷抱偉大的理想主義願景走進我這個領域，一心想成為能夠創造更美好世界的新領袖。他們享受的是目標，而不是過程。

傑西

沒錯。

席琳

可是現實狀況是，改善事情的真功夫就在每天的小小成就裡，想繼續待在那個領域，就必須懂得享受。比方說，我替幫助墨西哥鄉村的一個機構做事，他們掛心的是把鉛筆送到那些鄉間小學校的孩子手上。重點不在討論怎麼追求更好世界的偉大革命理想 —— 重點在鉛筆上。我看到腳踏實地工作的人，其實就某方面來說滿悲哀的，因為常常最懂得付出、最勤奮、最能把世界變得更好的人，其實沒有成為領袖的那種野心跟自我 —— 他們對獎賞沒有興趣，不在意自己的名字是否會出現在媒體上，他們真的很享受幫助別人的那種過程，他們真正活在當下。

傑西

是啊，那真的很辛苦。我們似乎天生就對所有事感到些許不滿，總是想改變，變得更好。滿足了一個欲望之後，另一個欲望又來了。但我又想，欲望是生命的動力。妳不覺得如果什麼都無所求，就皆大歡喜了？

席琳

我其實也不知道。什麼都無所求……那不就是憂鬱的症狀嗎？欲望是很人性的反應。

傑西

那些吃齋唸佛的就是這麼說的,對吧?從欲望解脫之後,就會發現其實一切俱足。

席琳

可是,每當我想要基本生存需求以外的東西時,就覺得很人性。「想要」——不管是跟另一人的親密關係或是一雙新鞋——都是滿美的事。我喜歡我們永遠更新不斷的欲望。

傑西

是啊……我想「應該是我的」的感覺是所有痛苦的根源。只要覺得某雙鞋子應該是你的,而欲望應該被滿足,痛苦就來了。擁有欲望和需求沒什麼不對,只要沒被滿足的時候別生氣就好。活著本來就不容易,不受苦就永遠學不到東西。

席琳

所以,怎麼,你是佛教徒還是什麼的?

傑西

不是。

席琳

為什麼不是?

傑西

我不知道。可能就像我去博物館不會用耳機導覽是一樣的道理吧。

席琳

我懂。我很久以前就決定要對所有事情敞開心胸，但不
要對任何一種信仰系統照單全收。

傑西

我也喜歡那樣。我幾年前去過特拉普派[7]的修道院。

席琳

特拉普派？

傑西

天主教的西妥會[8]。

席琳

你為什麼去那兒？

傑西

我也不曉得。我讀到一些資料，覺得去感受一下應該很
酷。妳有和修士或修女住過嗎？

席琳

不是我的作風。

傑西

我深受衝擊。我以為他們會很嚴肅，愁眉苦臉，結果沒

---

7 特拉普派（Trappist），天主教教派，17世紀源自法國諾曼地，以聖本篤會規為準繩，特
　色是緘口與苦修。

8 西妥會（Cistercian），天主教教派，11世紀源自法國勃艮地，以聖本篤會規為準繩，平
　時禁止交談，故俗稱「啞巴會」。主張生活嚴謹、清貧、終身茹素、凌晨禱告。

有——他們不但笑口常開，非常好相處，而且通情達理，不會強迫別人，也不急於成就，努力活得平靜，死得安寧，親近神和人性之中永恆的部分。跟他們在一起真是醍醐灌頂，讓你察覺身旁大多數人都忙著往上爬，賺更多錢，贏得多點尊敬，吸引更多崇拜者……還真累啊。

席琳

真的。

傑西

如果你也是那樣的人，只會累得半死。而我在修道院也急著讓自己更有靈性一點，「成為更好的人」，躲都躲不掉。

席琳

我很多年前交了個男友，他想當佛教徒，所以去亞洲拜訪好幾座寺院。他長得很帥，他每去一家寺院，那裡就有僧侶主動要替他口交。

兩人都笑了。

傑西

唉，反正最後結果就是這樣，對吧？我想這就是為什麼我很敬佩妳在做的事。

席琳

你指的是口交嗎？

他笑了。

傑西

不是。我只是說我覺得妳並沒有和世界疏遠，而是將生命和熱情投入到具體的行動上。

席琳

我只是盡我所能。

傑西

妳知道嗎？

席琳

什麼？

傑西

我接下來有八小時得坐在飛機上和機場裡，妳介意多陪我走一下嗎？

席琳

你在邀我嗎？

傑西

沒錯，我們走吧。

兩人起身。傑西瞄了一眼帳單，掏出一張五歐元紙鈔。

傑西（接著說）

這樣夠嗎？連小費一起算的話？

席琳

夠。

兩人開始往外走。

傑西

這附近有哪裡可以晃晃？

席琳

今天是特賣日。

傑西

什麼意思？

席琳

巴黎的商品全面打折特賣。每年兩次。

傑西

那我們就去血拚吧。

席琳

不不不。我才不要勉強你呢——那太誇張了。我們往花
園步道走吧——從那裡走回去還不錯。

傑西

老實講，我沒有不想陪妳做妳想做的事，但這點子聽起
來比血拚好。

7 戶外：街上，午後

兩人朝公園小徑的方向走。

> **席琳**
>
> 有時候我單是東看西看、試穿一下就夠嗨的了，甚至不用買下來。

> **傑西**
>
> 治療師會跟你說這樣很好。

> **席琳**
>
> 你做過心理治療嗎？

> **傑西**
>
> 我看起來像是在接受治療嗎？

> **席琳**
>
> 我不知道——對你的性功能障礙有幫助嗎？

> **傑西**（瞪大眼睛）
>
> 性功能障礙？

> **席琳**
>
> 沒啦，我開玩笑的。

8 戶外：通向公園小徑的台階，午後

兩人繼續邊走邊聊。

傑西

不行，不行，跟我說實話。我們那天晚上有什麼問題嗎？

席琳

我剛是開玩笑的啦。反正我們根本沒做愛。

傑西

什麼？妳在開玩笑吧？

席琳

沒有，我們真的沒做。那才是重點所在。

傑西

我們當然有做。

席琳

可是我們明明沒有。那時候你身上沒保險套，沒套子我是不做的，尤其是一夜情。我對自己的健康非常偏執。

傑西

好可怕，妳竟然不記得我們做了什麼事。

席琳

你知道嗎？我雖然沒寫出整本書，可是我有日記，我把

那個晚上的一切都寫下來了。所以我才會說你把那個晚上寫得太理想化了。

傑西（稍微提高音量）

我連用什麼牌子的保險套都記得。

席琳

好嗯。

一對年紀稍大的夫妻帶著三個孩子從一旁走過，回頭望著他們，表情有點吃驚。

傑西

才不會。

席琳

好吧。等我回到家，我會查看1994年的日記，但我知道我沒弄錯。

（停頓片刻）

等等。是在墓園裡嗎？

傑西

不是，去墓園是白天。做愛是深夜在公園，很晚的時候。

席琳

等等。

傑西

那件事有這麼容易忘記嗎？妳不記得了？在公園？

席琳

等等。我想你可能是對的。

傑西

妳是在跟我鬧著玩吧。

席琳

對不起。不，你說的對。真怪——有時候就像我把事情藏進腦袋的抽屜裡，然後把它忘了。我想，比起時時面對，把某些事情藏起來，比較不會那麼痛苦。

傑西

所以妳覺得那晚的回憶很悲傷？

席琳

我不是特別指那一晚。我的意思是，有些事情忘記反倒比較好。

傑西

老天，我對那一晚的記憶比這些年做了什麼都還深。

席琳

我也是。我是說，我以為我是。也許我把它埋藏起來，是因為我奶奶的葬禮就在我們應該再見面的那天。

傑西

那天我感覺很糟，但妳心情一定更差。

席琳

對啊，好不真實。我看著她在棺材裡的遺體——看著她

以前用來抱我、原本好溫暖好甜美的雙手——可是棺材
裡的一切，跟我記憶中的她一點都不像。所有的溫暖都
消失了。我望著她哭泣，好困惑，不曉得自己哭，是因
為再也看不到她，還是因為再也見不到你。抱歉我這樣
拉拉雜雜說了一堆，不過我這星期情緒有點低落。

傑西

為什麼？

席琳

算了。不是什麼壞事啦，也許是因為讀了你的書吧。想
到我那個夏天和秋天是那麼充滿希望，從那之後，就有
點……我不知道。要是你不用面對過去，回憶會是很美
妙的。

他笑了。

傑西

我可以用妳這句話做成標語貼紙嗎？**不用面對過去，回
憶會是很美妙的。**妳寫書回憶那一晚的話，可以用這個
當書名。

席琳

嗯，我想寫出來的書會很不一樣。

傑西

裡面不會有性愛場面。

席琳

可是你知道嗎？既然我們又見面了，我們可以把那個12

月16日的記憶改掉——讓它不要再有我們再也見不到面的悲傷結局。

傑西

的確，認真想的話，回憶永遠沒有終點。

席琳

對啊，我知道。我最近才意識到，我的童年記憶裡，有些從來沒有真正發生過。我八歲還是九歲的時候，我媽老是焦慮不已。她總是警告我，晚上上完鋼琴課走路回家的時候，要提防那些會送糖果給我、對我露小雞雞的骯髒老頭子。

傑西笑了。

席琳（繼續說）

等我長大，腦袋裡一直有這件事真正發生過的影像，到了我會把性愛跟散步回家聯想在一起的地步。所以現在，我做愛時，腦海有時還會浮現自己走在那條街上的景象。

傑西

那條街在附近嗎？

兩人都笑了。

席琳

你小時候有沒有寫日記的習慣？

傑西

有，我大概13歲的時候開始寫。

席琳

我也是。真好笑，我前幾天才讀了自己'83年寫的日記。真的讓我很詫異的是，我那時處理人生的方式，竟然跟現在一模一樣。我那時候比較純真，充滿希望，但我的核心本質，以及感受事情的方式，跟現在是一樣的。原來我根本沒什麼改變。

傑西

我想大家都一樣。雖然沒人想承認，但我們生來就內建了一些迴路，無論發生什麼都不太會改變我們的性情。

席琳

你相信嗎？

傑西

我年紀越大，越覺得可能是這樣。我讀過一篇研究，他們追蹤中了樂透和半身不遂的人。我們都覺得前者一定心情愉悅，後者只想尋死。但研究告訴我們，無論中了樂透或半身不遂，一旦習慣了新的生活，不出六個月就會故態復萌，變得跟以前一樣。

席琳

一樣？

傑西

沒錯。假如某人天性樂觀，笑口常開，就算坐輪椅也會一樣樂觀，笑口常開。假如天性小氣窮酸，心胸狹窄，就算有了新房子、凱迪拉克轎車和遊艇，他也一樣小氣窮酸，心胸狹窄。

席琳

你的意思是，不管我的人生發生多棒的事，我永遠都會很沮喪？

傑西

那還用說。妳現在很沮喪嗎？

席琳

沒有。我不覺得沮喪啊，不過我擔心走到人生盡頭的時候，仍覺得我沒做完所有想做的事。

傑西

妳想做什麼？

席琳

我想畫畫，寫更多歌，學中文，每天彈吉他。我想做好多好多事，結果到最後也沒做多少。

他笑了。

傑西

好吧，那我問妳一件事：妳相信鬼魂或幽靈嗎？

席琳

不信。

傑西

妳相信輪迴嗎？

席琳

完全不信。

傑西

那上帝呢？

席琳

不信，不信。

傑西笑了。

席琳（接著說）

可是同時呢，我也不想當那種什麼魔法都不信的人。

傑西

所以妳相信占星術。

席琳

當然了！好比，你是天蠍座，我是射手座，我們處得來。不。愛因斯坦說過，如果你不相信任何一種魔法或神祕，你就跟死了沒兩樣。

傑西

的確，我一直覺得宇宙有一個神祕的核心，但我不認為自己或我的人格能永遠存在。我越這麼想，面對生活就越不會覺：「這沒什麼大不了。」我就只有這一輩子。你看到什麼？感覺到什麼？覺得什麼好玩？每天都是最後一天。

席琳

每當我一有那種感覺，就會打電話給我媽，跟她說我愛
她。她的反應總是：

(模仿媽媽的語氣)

「噢，我的天，出了什麼事？你得癌症了嗎？你要自殺
了嗎？」讓我覺得好不值得。

傑西笑了。

席琳(接著說)

那我們呢？

傑西

我們怎麼樣？

席琳

比方說，如果我們知道，我們今天晚上就會死掉……

傑西

好比世界末日要來？

席琳

不，那樣太戲劇化了——假設會死的只有我們兩個。我
們會談談你的書、環境問題，還是……告訴我你會說些
什麼。

傑西

如果今天是我們的最後一天？

席琳

很難吧？

傑西

我肯定不會再聊我的書，可能也不會談環保……

席琳

好吧。

傑西

但我不介意聊宇宙的奧祕，只不過希望是在旅館房間裡聊，在我們瘋狂做愛之間的空檔。我想和妳一直做到斷氣。

席琳

哇。那幹嘛不乾脆到那邊的長椅？何必浪費時間上旅館？

傑西立刻抓著席琳，將她拉到一張長椅上，讓她坐在他大腿上。席琳頓時一陣羞怯。

席琳（接著說）

唔，我們今天晚上死掉的可能性太小了。

傑西

真可惜。

她調整位置，坐到他旁邊。

席琳

忘了旅館或是公園長椅的事吧。

傑西

嘿，還是別忘吧。

席琳

那個例子太極端，可我的重點是，跟人溝通是很困難的
事。

傑西

對啊，大部分的日常互動都是。如果你仔細想想，其實
很像交通管制。

席琳

我知道。譬如說，我有個朋友談到她跟她男友在床上的
問題。他們約會了一年後，她開始跟他講可以做哪些事
來取悅她，結果簡直把他嚇壞了。

傑西

為什麼？

席琳

他認為那就表示他是個差勁的情人，覺得受到了威脅。
他們兩個差點因為這件事鬧分手。

傑西

她為什麼等那麼久才說？

席琳

我不曉得。男人很容易就覺得受到冒犯。

傑西

妳覺得比女人容易？

席琳

在那種話題上，絕對是這樣。況且，我認為取悅男人比取悅女人容易得多。

傑西

取悅男人肯定比較容易。

席琳

看情況吧，可是一般來說是這樣沒錯。有什麼雌性哺乳動物擁有活動自如的拇指，被觀察到在野外主動鼓勵同一物種的雄性舔牠生殖器的，你舉得出例子來嗎？

傑西

我舉不出來。狒狒嗎？還是什麼？

席琳露出抓狂的表情，豎起兩根拇指比著自己，發出猴子般的尖叫聲。兩人都笑了。

席琳

越來越老的好處就是，我沒長智慧，只是變得更低級。

傑西

那沒什麼好丟臉的。

席琳

總之，我朋友說，等她找下一個約會對象，在他們還沒
做任何事情以前，她要先做一份性愛問卷——調查一下
各自喜歡和不喜歡的事。

傑西

寫在紙上？還是直接回答？

席琳

大多用寫的，我想，不過答案不只有「是」跟「不是」的
選擇。比方說，如果問題是「你喜歡玩性虐待嗎？」你
可以回答「不喜歡，可是偶爾打打屁股……倒是無傷大
雅。」

傑西笑了。

傑西

或者也可能會問，你做愛的時候喜歡聽淫聲浪語嗎？

席琳

或者可以問，你想聽到或不想聽到哪些特定字眼？

她看著他。

傑西

妳問我？

席琳

好。你喜歡聽哪些字眼？

傑西

我不知道。

席琳

譬如說，你對「小妹妹」（譯注：女人陰部的俗稱。）這個字眼
有什麼感覺？

傑西

我喜歡。

兩人又笑了。

席琳

真不可思議，過去九年竟然讓我們變成大變態。

傑西

至少我們再也不用假裝每一次性經驗都驚天動地。

席琳

是啊。就像現在我知道，你已用它塞過那麼多地方，可
能就快脫落了吧？

傑西

沒錯。而我也不能期望妳到現在還守貞如玉，不是破
麻，所以……

席琳

沒錯。你又能怎麼辦？

傑西

什麼都不能做。

（停頓片刻）

所以，妳都寫哪一類的歌？

席琳

哪一類？

傑西

對呀，都是哪些歌？

席琳

不知道吔。有寫人的，也有寫感情，還有一首寫我的貓。

傑西

唱一首給我聽。

席琳

不行。我沒帶吉他。

傑西

拜託嘛，清唱就好。

席琳

才不要，現在不行。

傑西

不現在唱，那要哪時候？

席琳開始起身，傑西只好跟著站起來。

> 席琳
>
> 這就對了。我們得準備回去書店——不然你要錯過班機了。

> 傑西
>
> 不會啦。

> 席琳
>
> 這條路會帶我們到塞納河，再從那裡走回原地就行了。

> 傑西
>
> 好吧，好吧。

> 席琳
>
> 所以你要飛回紐約囉？

> 傑西
>
> 對。

兩人默默走了一會兒。

> 席琳
>
> 我在那篇文章裡面讀到你結婚了，而且有個小孩？真棒。

傑西的神情有一點古怪，彷彿在說「我就知道妳會問起」。

傑西

是啊。他已經四歲了，妳相信嗎？

席琳

他叫什麼名字？

傑西

亨利——漢克。他好可愛，跟他在一起真好玩。

席琳

一定的。你老婆呢？她是做什麼的？

傑西

嗯……她是小學老師。妳沒有小孩，有嗎？

席琳

噢，糟了！我把他們留在車上了，車窗全都關著！但那是六個月以前的事了——你想他們還好嗎？

兩人都笑了。

席琳（接著說）

總有一天我會想要孩子的，但我現在還沒準備好。不過，我現在的感情還不錯。

傑西

是嗎？真好。他是怎麼樣的人？

席琳

他很棒——他是攝影記者，專門報導戰爭。他常常出

門，我很自由，可以做很多事情。

傑西

那不是很危險嗎？感覺最近死了很多記者。

席琳

他向我保證他絕對不會冒險，但我還是常常擔心。他一旦拍攝起來，就很容易忘我。

傑西

什麼意思？

席琳

有一次我們在新德里，經過一個躺在人行道正中央的流浪漢。

傑西

炸彈？

席琳

流浪漢……遊民。他一副需要有人幫忙的樣子，可是我男友的第一個反應是替對方拍照。他貼近對方的臉拍了一張，為了讓畫面更好，甚至還動手調整對方的衣領。他對那個人完全不帶感情。

傑西

嗯，我想要做好一份工作，就得像他這樣吧。

席琳

也許吧。我不會因為這種事就評斷他——他做的事情很

重要也很不可思議。我只是說，這種事我永遠做不到。

兩人走近塞納河。

傑西

嘿，我們去坐那艘船吧？

席琳

你沒時間了。

傑西

走嘛，一定很好玩。我真的很想坐。我們還有15分鐘。
妳有手機嗎？

席琳

有。

傑西

我會在船上打電話給菲利普，請他到下個停靠站來接
我，這樣就不會浪費時間了。

席琳

好吧，如果你想要⋯我從來沒搭過那些船。那是給觀光
客坐的。我覺得有點不好意思。噢，管他的。

兩人加快腳步，想在發船前趕上。

傑西

所以──妳愛這傢伙嗎？

> **席琳**
>
> 哪個傢伙？

> **傑西**
>
> 那位攝影記者。

> **席琳**
>
> 嗯，當然啊。唔，可能吧。

9 戶外：船上，午後

兩人上船付錢，席琳問船務員下個停靠站是哪裡。

> **席琳**（說法文）
>
> 你好。請給我兩張票。下一站停哪裡呢？

> **船務員**
>
> 亨利四世碼頭，小姐。

> **席琳**
>
> 叫他到 Henri IV 碼頭接你。

> **傑西**
>
> 阿希‧卡特？

> **席琳**
>
> Henri IV 碼頭。

傑西

安-希-卡特？

席琳

Henri IV。

傑西

哦，亨利四世嗎？

席琳

對。

傑西

妳怎麼不早說？

傑西開始打電話，席琳往船後走。兩人來到船尾。微風徐徐，巴黎聖母院就在後方。

傑西（接著說）

妳看！是聖母院。我聽過一個故事。德國部隊一度占領巴黎，後來必須撤退，就在聖母院裝了炸藥，打算把它炸了。他們留下一個人負責按鈕，是一名士兵。但那人只是坐在那裡，就是下不了手。後來盟軍攻到聖母院，發現引信和所有炸藥都原封不動。他們在聖心堂、艾菲爾鐵塔和另外兩個地方也發現同樣的情形。我一直很喜歡這個故事。

席琳

對啊，很棒的故事。可是你必須這樣想——總有一天聖母院也會消失。那裡本來是另一座大教堂。

傑西

就在聖母院的位置？

席琳

對啊，所有東西都會過去的。無論是人還是建築……你知道嗎？我從來沒搭過這種船。我都忘了巴黎有多美了……有時當你住在某座城市，你甚至不再正眼看她。

傑西

是啊。我想我寫那本書或多或少是想留下紀錄，這樣我就不會忘記我們相處的點點滴滴。提醒我一切都是真的，我們確實相遇過……真的曾經發生。

席琳

你知道嗎，我很高興你那樣說。我的意思是，我總覺得自己像個怪胎，因為我從來就沒辦法轉眼就釋懷……

（彈彈手指）

大家只是享受一段韻事或是一段感情，分手之後就忘得一乾二淨，他們很容易就釋懷了，就像改吃別種品牌的玉米穀片那樣輕鬆。我覺得自己從來就沒辦法忘掉曾經在一起過的人，因為每個人都各有特質，也無法取代。失去的，就是失去了。每段感情的結束，都對我造成不小的傷害。我從來就沒真正復原。所以我每談起一段感情都很小心，因為我都會傷得很重……隨便找人上床也一樣——但其實我不做那種事的。我會想念那個人最平凡無奇的事情。我對小地方很執著。也許我瘋了。我媽跟我說過，我小時候上學老是遲到，所以有一天她偷偷跟在我後面，看看我為什麼會遲到……原來我忙著在看……樹上掉下來沿著人行道滾動的栗子、橫越馬路的螞蟻、葉子在樹幹上灑下影子的樣子——都是些小東

西。跟人也一樣。我在他們身上看到微小的細節，是他們各自獨有而會打動我的，我就是會想念那些細節，永遠都會懷念。你永遠無法找人取代任何人，因為每個人都是由那些美麗的特定細節組成的。

停頓片刻。

席琳（繼續說）

你知道嗎，就像我記得你的鬍子帶點紅色，那天你離開以前，早晨的陽光讓它微微發亮。我想念那個。哎，我真的瘋了。

傑西

現在我很確定自己為什麼寫那本笨小說了──因為妳可能出現在巴黎我的簽書會上，讓我有機會問妳：「嘿，妳到底跑哪兒去了？」

席琳笑了。

席琳

老實說，你本來就以為我今天會來嗎？

傑西

我不是開玩笑──我覺得我寫書就是為了找到妳。

席琳

我知道那不是真的，可是這樣說很貼心。

傑西

我覺得是真的，不然妳想我們重逢的機率有多高？

席琳

過了那年的 12 月，我會說我們再見的機率幾乎是零，但反正我們又不是認真的。我們只是那位老太太夢境裡的角色——她臨終躺在床上幻想自己青春年少的時候，所以我們當然必須再相見。

傑西的聲音忽然變大，而且比以往都挫折和絕望。

傑西

天哪，妳為什麼沒去維也納？！

席琳

你知道原因了啊！

傑西

我知道，我是說我真希望妳去了，這樣我們的人生或許會大大不同。

席琳

你真的這麼想？

傑西

是啊，我真的這麼想。

席琳

也許不會。也許我們到最後會恨死對方。

傑西

拜託，我們現在有恨對方嗎？

席琳

也許我們只適合短暫邂逅，在氣候暖和的時候，結伴在
歐洲城市四處散步。

傑西

唉，我們當時為什麼不交換電話號碼或其他聯絡方式？

席琳

因為我們那時候年輕又愚蠢？

傑西

我們現在還是嗎？

席琳

我想，人在年輕的時候，相信未來會遇到很多跟你心靈
相通的人。可是人生走到後來才領悟到，那只會發生區
區幾次。

傑西

而且你很可能搞砸而斷了連結。

席琳有一點緊張。

席琳

唔，過去就過去了。本來就應該那樣，對吧？

傑西

妳真的那樣想嗎？相信一切都是命中注定？

席琳

我想這個世界可能沒我們想的那樣自由。只要在某些特定的情境，每次就注定會發生同樣的事情。兩份氫加一份氧，每次都會得到水。

傑西

不對。要是妳奶奶晚一週或早一週過世呢？甚至只早幾天？我相信一切可能大不相同。

席琳

可是你不能那樣想啦。

傑西

我知道大多數事情都不能這麼想，但就這件事，有些地方不太對勁。原諒我這麼說，但我婚禮前幾個月一直在想妳。婚禮當天，我的死黨開車載我進城，我望著窗外的雨，忽然覺得好像看到妳。妳就在離教堂不遠的地方，一邊收傘一邊走進百老匯街和第13街口的小餐館。我那時以為是幻覺，但現在知道可能真的是妳！

席琳

我那時候住15街和大學路那裡。

傑西

看吧，我沒胡說。

席琳

（停頓片刻）

結婚的感覺怎樣？那件事你沒談多少。

傑西

我沒說嗎？真奇怪。我和她是大四認識的，後來分手了又復合，分分合合好幾年。然後就算在一起，接著她就懷孕了，然後嗯……所以，我們就結婚了……

席琳

她是怎樣的人？

傑西

她是個好媽媽、好老師，聰明、有趣又漂亮。我不知道。我只記得當時心想，我崇拜的許多人都把生命奉獻給了比自己更重要的事物。

席琳

所以你會結婚，是因為你崇拜的男人都結了婚？

傑西

不是，那感覺比較像我心中有個完美的我，而我想變成那樣子，就算可能需要壓抑真實的自我，我也想嘗試。很好玩，我當時覺得是誰並不重要，沒有人能成為你的一切，重要的是承諾和扛起責任。我的意思是，愛不就是尊重、信任及欣賞嗎？而我當時感覺到的正是這些。所以，回到目前的緊張關係，我這四年大概只做了十次愛吧。

她笑了。

傑西（接著說）

妳在笑我嗎？我知道這麼說很可憐，但要是現在有人深

情地擁抱我，我一定會感動到化成碎片。對不起——妳
可能不想聽這些。

> 席琳

四年內不到十次？那你一定很常自慰囉？

> 傑西

別問這種事，除非妳真的想知道答案。我就跟青少年沒
兩樣。我得承認年輕時想到婚姻，可沒料到會那麼常靠
自己動手。

兩人都笑了。

10 戶外：遊船碼頭，午後

兩人下了船往街上走。

> 席琳

你好像對自己的婚姻不怎麼滿意，真遺憾。我有個朋
友——她是心理醫師。

> 傑西

她怎麼樣？

> 席琳

她一團糟。總之，她跟我說，她替很多夫妻諮商，他們
為了同樣的原因在鬧分手。

傑西

嗯，什麼原因？

席琳

那些夫妻當初因為熱情而一起生活，期望在幾年之後，那種讓人焚身的欲望還是會跟起初相同。但那是不可能的事。

傑西

嗯，我知道，我了解。

席琳

我是說，感謝老天，如果我們時時處在那種興奮狀態，都會落到得動脈瘤的下場。弄到最後，我們這輩子什麼也做不了。你想，要是你每隔五分鐘就跟人做愛，你的書還寫得完嗎？

傑西

我倒很樂意接受挑戰。

席琳

你老婆的反應很自然——你兒子出生之後，她必須把全部的愛都給那個小傢伙。想像一下，要是她還對性愛那麼執迷，像隻野貓一樣騎在你身上，然後把嬰兒忘個精光還得了。我的意思是，那樣沒道理嘛。

傑西

我知道，妳說的都很有道理，但問題不只是性。

席琳

我曉得，想也知道，可是現在夫妻都很困惑。男人認為
自己應該負責養家活口，因為這他們腦海裡根深蒂固的
觀念，所以他們必須感覺自己是不可或缺的，不過他們
再也沒辦法有那種感覺了。我在自己的專業生活裡是個
堅強的女人。我不需要男人來養我，可是，我還是需要
有愛著我而且我也愛的男人。

兩人就快走到司機和車附近了。

席琳（接著說）

唔，你的司機到了……

傑西

是呀……

席琳

我想現在該說再見了吧？

傑西

喔，我們可以送妳回家呀。

席琳

我可以搭地鐵，沒問題的。

傑西

為什麼不繼續聊呢？我的班機十點才起飛——他們打算
讓我提早兩小時到機場。所以絕對不會有問題的。

席琳

我家不順路喔。

傑西

沒關係。

（對司機說）

我們去機場之前，可以送我朋友一程嗎？

席琳（法文）

不會很遠。就在小馬廄街10號。

司機面露微笑。

司機

走吧。

傑西和席琳上了車。

11 室內：車內，午後

兩人坐在後座。

席琳

對我來說，我最好別再把事情看得太浪漫。我以前吃了
好多苦頭。我還有很多夢想，但都跟我的愛情生活無
關。我並不會覺得傷心——因為事情就是這樣。

傑西

所以妳才會跟一個很少在家的人談戀愛？

席琳被他的觀察刺了一下。

> **席琳**
>
> 對啊，顯然是，我沒辦法應付男女關係的日常生活。我
> 們一起度過刺激的時光，然後他就離開，我會想念他，
> 可是至少我的內心不會枯萎。只要有人一直待在我身
> 邊，我就會覺得窒息。

> **傑西**
>
> 等一下──妳不是才說妳需要愛人和被愛？

> **席琳**
>
> 是啊，可是只要這樣做，我很快就會覺得噁心想吐。真
> 是災難。我只有在獨處時才真正覺得快樂。獨自一人，
> 總比坐在情人身邊而覺得寂寞更好。
>
> （生起氣來）
>
> 要我當個徹底浪漫的人，不是那麼容易。一開始充滿浪
> 漫情懷，等到自己被辜負了幾次以後，就會放棄所有虛
> 妄的想法；生活裡出現什麼，就接受什麼。連剛剛那段
> 話都不是真的──沒人辜負我，我只是有太多乏味的感
> 情生活。他們人都不壞，也很關心我，可是沒有真正的
> 興奮或心靈相通，至少我這一方沒有。

她開始啜泣。

> **傑西**
>
> 對不起。妳真的那麼不開心？

> **席琳**
>
> 不，甚至不是那個。我本來好好的，直到讀了你那本該

死的書——把一堆陳年往事又翻了出來。它提醒我，我曾經真正浪漫過，那時對事物充滿了希望，現在只要牽扯到愛情的事，我一概不信。我不再對人有什麼感覺了。那就像我把自己所有的浪漫全都放進那一晚，然後對這種事就再也無法有什麼感受了。那晚彷彿從我身上帶走了什麼，我把它們傳達給你，然後你又隨身帶走了似的。不知為何，命運不讓我再見到你，這件事讓我變成冷冰冰的人，彷彿我注定不會擁有愛情。

傑西

我真不敢相信。

席琳

對我來說，現實跟愛情幾乎是彼此矛盾的。很好笑，我每個前男友現在都結婚了。男人跟我約會，我們分手，然後他們就結婚去了。事後他們會打電話來，謝謝我教他們什麼是愛，說我教會他們怎麼照顧和尊重女人。

傑西

是呀，我可能也是其中之一。

席琳

我真想殺了他們！為什麼他們不跟我求婚？我是會拒絕沒錯，但他們至少可以開口問一下啊！不過，是我的錯。我從來都不覺得找對了男人，從來都沒有。可是「對了的男人」又是什麼意思？指的是一生的摯愛嗎？那種概念很荒謬。我們跟另一個人在一起才能變得完整，那種想法很邪惡。

傑西

我可以說句話嗎？

席琳

我想我心碎太多次之後又恢復。所以現在從一開始，我就不再付出，因為我知道反正又不會成功。

傑西

妳不能這樣——妳的生活不能只想著避免受傷害而不願意付出。

席琳

說得倒容易。你知道嗎？我得離你遠一點。停車。我想下車。

傑西

不要，等一下，我們繼續聊下去。

席琳

不要，就只是繞著你打轉而已。

傑西抓住她的胳膊。

席琳（繼續說）

別碰我。我要去搭計程車。

（對司機說法文）

在街角那裡把我放下來。就那裡，很好。

司機把車慢下來。

傑西

（對司機說）

不要，不要停下來，繼續開。

（對席琳說）

聽著，我好高興跟妳在一起，而且妳沒有忘了我。

席琳

不，我沒忘記你，這點讓我很生氣。你來到巴黎，一副浪漫瀟灑的模樣，還結婚了。去你的！請別誤會——我不是想得到你或幹嘛。我只是需要一個結婚對象。那些都是過去的事了，甚至再也跟你無關。重點是那段時光，在時間裡永遠消失的那一刻。

傑西

妳說了一大堆，可是妳連我們做過愛都不記得了。

席琳

我當然記得。

傑西

妳記得？

席琳

講到那種事，女生都會假裝的。我應該說些什麼——難道要我說，我記得在公園裡啜飲著酒，一面抬頭望著太陽升起和漸漸隱去的星辰？我們甚至做了兩次，你這白痴。

傑西

妳知道嗎？我真的很開心能見到妳，就算妳已變成易

怒、暴躁又抑鬱的激進份子，我還是喜歡妳，喜歡跟妳
在一起。

席琳

我也有同樣的感覺。抱歉，我剛剛必須發洩一下。我在
愛情生活跟男女關係裡都慘兮兮的。我總是裝作疏離的
樣子，但內心正在枯萎。我會枯萎，是因為我好麻木。
我感覺不到痛苦或興奮。我不是忿忿不平。我只是……

車子在巴黎街道穿梭。席琳和傑西繼續在後座聊天。

傑西

老天，妳覺得只有妳的內心正在枯萎——我的生活可是
一天24小時都糟糕透頂，唯一開心的事只有和兒子出去
玩。我還做過婚姻諮商，我以為我一輩子都不會做這種
事。我買過自我成長勵志書、性感內衣，點蠟燭……

席琳

點蠟燭有用嗎？

傑西

有用個鬼。我愛她的方式不是她所要的，我甚至看不到
我和她的未來。但當我看著我可愛的兒子，我覺得就算
受再多苦也要每天和他一起醒來，分分秒秒陪伴他——
我不想錯過。可是，天哪，我家沒有歡樂與笑聲，我不
希望他在這樣的環境中長大。

席琳

沒有笑聲。我爸媽在一起已35年了——他們即使吵架，
最後還是會笑成一團。

傑西

我不希望我52歲還離婚，跪著大哭承認從來沒愛過自己的另一半，覺得一輩子好像被吸塵器吸空了。我想擁有美好的人生，也希望她擁有美好的人生——那是她應得的。但我們卻活在婚姻、責任這些世俗眼中應該追求的事物的偽裝底下。我經常夢到……

席琳

什麼夢？

傑西

我本來不想說的，但我經常夢到自己站在月台上，而妳一次又一次搭著火車從我面前經過，讓我醒來一身冷汗。我還夢到妳懷孕了，裸著身子躺在床上我身邊，我好想摸摸妳，妳卻說不要，還將頭撇開，但我還是摸了妳，摸了妳的腳踝，感覺妳肌膚好柔軟，然後我就哭著醒過來。我妻子坐在一旁看著我，我卻離她有幾百萬里遠。我知道這樣不對，我沒辦法這樣過一輩子。愛絕對不只是承諾而已。我必須告訴妳，打從妳沒出現的那天起，我就放棄了對愛情的浪漫憧憬，發誓再也不碰。

傑西停住不說話。

席琳

你幹嘛跟我講這些？

傑西

對不起——也許我不該說的。

席琳

大家總以為只有自己過得很不順遂，這不是很怪嗎？讀了那篇文章，我以為你一定過著幸福美滿的生活——有老婆、小孩，還是出書的作家——可是聽起來你的私人生活比我還糟。

傑西

太——好了！

車子停在席琳住處前，她湊近司機耳邊。

席琳（法文）

開進那條死巷。這裡不能停車，不過你可以停在拱門下。

傑西

妳聽到我過得比妳還慘，是不是鬆了一口氣？

席琳

對。你讓我覺得好過一點。

傑西

很好，聽妳這麼說我很開心。

席琳

你知道，我真的希望你一切順利。我不會因為自己沒辦法有個家庭，就希望別人也跟我一樣倒楣。

傑西

我相信妳一定會是個好母親。

席琳

你真的這樣想？

傑西

只要吞幾顆鎮定劑，妳會做得很好。

她舉起一隻手，開始迅速舞動手指。

席琳

說「停」。

傑西

停。

她停下來，只剩中指豎著，隨即又來一次。兩人下了車。

12 戶外：席琳住處的中庭，午後

兩人下車來到席琳的公寓前，站在長拱廊的入口附近。

席琳

我想在這裡測試一件事。

她靠向傑西，給了他一個良久的大擁抱。

席琳（接著說）

我要看看你會不會融解成分子，還是會保持原狀。

傑西幾乎全身顫抖。

傑西

結果如何？

席琳

還在這裡。

傑西

很好，我也喜歡在這裡。

兩人緩緩放開彼此。傑西轉身朝向司機。

傑西（接著說）

我送她到家門口。你不介意吧？

司機

沒問題，我是按鐘點計費的。

兩人沿著長廊往中庭走。

席琳

所以，你真的做了那些夢，還是你講那些只是希望能跟我上床？

傑西

為了騙妳上床——我都用這一招。天哪，妳就住在這裡，真是不可思議！妳在這裡住多久了？

席琳

四年了。

她看見一隻貓趴在前方的鵝卵石路上。

席琳（接著說）

噢，這是我的貓。看看牠──牠好可愛。我愛這隻貓的
地方是，每天早上我帶牠下樓到中庭來。每個早晨，牠
都好像是頭一次看到這一切──每株植物、每棵樹、每
個小角落。牠會用牠可愛的小鼻子嗅嗅每樣東西。我愛
我的貓。

她將貓抱起來，繼續往前走。兩人走進美麗的大中庭。

傑西

牠叫什麼名字？

席琳

切。

傑西

共產黨！

席琳

「切」在阿根廷的意思是「嘿！」。

鄰居正在準備露天晚餐。小孩跑來跑去不知在玩什麼遊戲。一個老人坐
著，其他人在吃沙拉和哈密瓜。

老人（說法文）

席琳！妳晚上要做什麼給我們吃？

席琳（說法文）

塔布雷，我一分鐘後下來。

老人

你好。

傑西

你好。

一名60歲出頭的女人從公寓出來，站在席琳面前，手裡拿著一盤菜。

女人（說法文）

哈囉！他是誰啊？長得真可愛。他要和我們一起吃飯嗎？

席琳（說法文）

沒有，他要去搭飛機了。

女人

太可惜了，那他就吃不到我做的鷹嘴豆義大利麵囉。

老人

他為什麼不和我們一起吃飯？

女人

因為他不喜歡你的短褲。

13 戶外：公寓台階，午後

兩人走向她家門口。她抬頭望著向晚的天空。兩人走到公寓門口。真心
話時刻。

傑西
妳知道嗎？我想妳彈一首歌給我聽。

席琳
可是你會錯過你的班機。

傑西
別這樣嘛，我們還有一點時間。我到機場還得等一個多
小時呢。

她陷入沉思，心想……

傑西（接著說）
真的，一首就好。

席琳
好吧，可是要快。

她拿出鑰匙開門。

14 室內：樓梯間，午後

兩人走進公寓大廳，面對蜿蜒的大樓梯，中間有個小電梯。

傑西

我很喜歡這種樓梯。妳住幾樓？

席琳

三樓。

兩人開始上樓，但都沒有開口，裝作若無其事。兩人默默往上走，連低聲耳語似乎都變得更清晰。最後終於走到她家門口。她拿出鑰匙開門，再關上門。

15 室內：席琳的公寓，傍晚

他不知所措地環顧屋內，席琳走向廚房。

席琳

你想喝點茶嗎？

傑西

好啊。

席琳開始拿杯子，傑西的目光掃視屋內：幾幅畫、一張她的童年照、一張她和祖母的合照。貓兒從她窗台悠悠走過。最後他看見一篇報導和一張他的照片釘在留言板上。傑西發現她的吉他擺在沙發旁。她走出廚房，遞給他一杯茶。

席琳

甘菊茶可以嗎？

傑西

好啊，謝謝。Merci。

席琳

亂（譯注：messy和merci的發音有點類似。）？我的公寓很亂？

傑西

不是，是merci，謝謝。

席琳

看來你的法文有進步。

傑西

是呀，還算流利啦。所以，妳要唱哪一首歌給我聽？

席琳

不行，我沒辦法。太尷尬了。

傑西

等一下，我大老遠來這裡……妳不能現在打退堂鼓。什麼歌都好。

席琳

呃。好吧，可是你一定會笑我。

傑西

這我很懷疑。

席琳

你想聽哪首？我只有三首英文歌：講我的貓咪、前男
友，還是關於你的那首？

傑西

啊⋯⋯聽起來是個陷阱。就唱寫前男友的歌吧。

席琳

前男友那首，真的？

她坐在沙發床上，一副嬉皮模樣，撥弄手指彈出優美又逗趣的曲調。傑
西只能愣愣坐在沙發上她對面，微笑著。席琳彈完之後，傑西鼓掌。

傑西

哇，安可！彈得真棒！現在輪到寫我的歌了。

席琳

不行不行。喝你的茶，然後你就得走了。

她起身走向廚房。傑西開始瀏覽她的 CD。等她回到客廳，音響已經在
放美國爵士女歌手妮娜·西蒙的歌，而他正坐在沙發床上。

傑西

我可以把腳放上來嗎？

席琳

可以。你看過妮娜·西蒙的現場演唱嗎？

傑西

沒有，應該要去的。真不敢相信她已經過世了。

席琳

對啊，好難過。我看過她兩次表演。她好棒。這是我最
愛的一首。

歌曲開始：

歌曲

你來得正是時候
在你出現之前，我活得好低落
茫然無助，命運的骰子已經擲出
我無處可去，走投無路
你出現了，讓我找到方向
路上不再懷疑和恐懼
愛來得正是時候，你尋得我正是時候
幸運的那一天，我的寂寞夜晚從此改變。

席琳

她以前都會唱歌唱到一半停下來，從鋼琴後面走到舞台
邊緣。然後對著觀眾席裡的某人說話。

（模仿妮娜·西蒙）

「噢，對，寶貝。」她會稍稍走遠，然後慢條斯理地踱回
麥克風那裡。她的臀部很大，踩著碎步的樣子滿好笑
的。

席琳弓著背，微微翹起臀部，開始緩緩搖擺走動。歌聲繼續，席琳繼續
耍寶，傑西臉上露出從來沒有的平靜又快樂的笑容。

歌曲

你來得正是時候
在你出現之前，我活得好低落

茫然無助，命運的骰子已經擲出
我無處可去，走投無路
你出現了，讓我找到方向
路上不再懷疑和恐懼
愛來得正是時候，你尋得我正是時候
我的寂寞夜晚從此改變
我的寂寞夜晚從此改變
幸運的那一天，我的寂寞夜晚從此改變。

席琳

（模仿妮娜・西蒙）

唷，寶貝，你要錯過那班飛機了。

傑西

我知道。

兩人都笑了。

畫面淡出。

愛在午夜希臘時
Before Midnight

導演
李察・林克雷特

編劇
李察・林克雷特、茱莉・蝶兒、伊森・霍克

故事
李察・林克雷特、金・克里桑

角色塑造
李察・林克雷特、金・克里桑

演員

傑西	伊森・霍克 飾
席琳	茱莉・蝶兒 飾
漢克（亨利）	Seamus Davey-Fitzpatrick 飾
派崔克	Walter Lassally 飾
安娜	Ariane Labed 飾
史提芬諾	Panos Koronis 飾
亞莉艾妮	Athina Rachel Tsangari 飾
阿奇里斯	Yiannis Papadopoulos 飾
娜塔莉亞	Xenia Kalogeropoulou 飾
艾拉	Jennifer Prior 飾
妮娜	Charlotte Prior 飾

畫面淡入。

1 國際機場，午後

傑西和14歲的漢克走在希臘一座機場裡。

傑西

東西都帶了？

漢克

嗯。

傑西

你打算一路打電玩，還是可能讀點書？

漢克

可能會讀點書吧。

傑西

我寫電郵給你的話，別不敢回好嗎？讓老爸知道你在想
什麼或做什麼，又不會要你的命，知道嗎？

漢克

喔。

傑西

你想的話，我們可以每週視訊一次之類的。

漢克

好……

傑西

科學作業的畫帶了嗎？

漢克

應該有吧。

傑西

好，你畫得很好，真的很棒。

漢克

謝啦。

兩人來到販賣部，漢克抓了兩三樣零食。

傑西

你電腦充電了嗎？

漢克

有。

傑西

你回到家最想做的事情是什麼？

漢克

不知道。

傑西

我很珍惜我們有機會聊天，只是，你知道——你的回答
都太……

漢克 (插話)

怎樣？

傑西掏錢付賬。

傑西

記得繼續練鋼琴，好嗎？你真的彈得很好，而且你在學
校都花那麼多時間了——生活裡音樂真的派得上用場，
懂嗎？好了，別忘了——你喜歡芝麻口味的對吧？芝麻
口味真的很讚。

漢克

嗯。

傑西

好。(對服務生)亞蘇[9]，麻煩妳，謝謝。
傑西接過零錢，兩人朝出境大門走去。

傑西 (接著說)

我可能十月會過去一趟，想辦法參加你的首場獨奏，可
以的話順便看你踢足球賽。(對服務生)欸發利斯托[10]。

---

9 「εια σου」，希臘文的「你好」，非正式場合用。
10 ευχαριστώ，希臘文的「謝謝」。

漢克

我今年可能不會踢足球了。

傑西

是噢，那就太可惜了，相信我。

漢克

我踢得又不好。

傑西

才怪，你踢得非常好，真的。

漢克

可是我沒去夏季訓練營，所以不大可能先發了。

傑西

哎，你就跟教練說明狀況，說你爸住在歐洲，你其實很想參加之類的，把事情怪到我頭上。我爸爸媽媽太差勁了，但我是真心想踢球。

漢克

但我不是真心的，爸，我沒那麼想踢球。

傑西

欸，你不用現在就決定，懂嗎？可以再多想想。我只是覺得團隊運動很重要，你知道。

兩人來到安檢隊伍前。

傑西（接著說）

到了。我很喜歡這座機場，你呢？

漢克

我覺得棒透了。

傑西

對吧，真的很酷。就要見到你媽了，開心嗎？

漢克

嗯，還有我朋友。

傑西

嗯，是啊。登機證和護照帶了沒⋯⋯？好，轉機你沒問題吧？

漢克

嗯，我之前也轉機過。

傑西

我知道，但不像這次有點複雜。記得飛機落地後待在座位上，航空公司會派人來接你，帶你到下一個登機門，知道嗎？

漢克

沒問題。

傑西

好，那就好。哎，看來該來的還是躲不掉，是吧？好了，來吧。

兩人擁抱。

傑西（接著說）

我會想辦法去看你獨奏的，好嗎？

漢克

其實，你不來也沒關係。

傑西

你怎麼這樣說？

漢克

呃，我不是故意要酸你，但你不來看我獨奏反而比較輕鬆。

傑西

怎麼會？

漢克

你另外找個週末來真的比較好。

傑西

可是……我想看你演出啊。

漢克

但媽媽真的很討厭你。你要是來，她會壓力很大，搞得我也會很緊張。

傑西示意要排在後面的人先走。

漢克（接著說）

再說我們也沒時間相處。

傑西

別擔心你媽，會有辦法的，我們可以……你真的不用擔心這個，好嗎？我是說……你知道我有多想你，對吧？

漢克點點頭。

傑西（接著說）

你為什麼覺得她還是很討厭我？

漢克

我也不知道。我覺得比起你來，她更討厭丹尼爾。

漢克玩笑似的搥了傑西一拳。

漢克（接著說）

嘿，別擔心，我會搞定的，但我真的得走了。

傑西

好吧。可是，有什麼是我能做的嗎？

漢克

我哪知道。

傑西

但你知道我愛你，對吧？

漢克

廢話。

傑西

好吧，嗯。

漢克

我當然知道，這是我過得最開心的一個暑假。

傑西

真的嗎？

漢克

是啊！

傑西

嘿，我也是。看吧，我就說來希臘這主意很棒吧！

漢克

的確是。

臨別前。

傑西

好吧，該走了。我愛你，小子。

漢克

我也愛你，爸。

傑西

來吧，握個手。好了，去吧。

漢克

掰。

傑西

掰，再見囉。(嘆氣)

漢克走進安檢區，傑西目送兒子走遠，接著轉身緩緩走出機場。

2 機場外，午後

鏡頭跟著傑西穿越機場來到停車場，只見席琳站在車外，正在講手機。

席琳(說法文)

是，是。

(繼續說法文)

好。

傑西和席琳坐進車裡，鏡頭帶到後座睡著的兩個六歲小女孩。沒錯，她們是雙胞胎，妮娜和艾拉。車子駛離機場。

3 車內，午後

車子開上高速公路，席琳低著聲音想把對話結束。

席琳（對著手機）

OK，好，很好，謝謝。是，是，露西亞，再見。

（說法文，掛掉手機）

傑西

怎麼了？

席琳

他們投反對票。

傑西

反對什麼？風力發電機嗎？

席琳

花半年時間跟那些人周旋，他們本來都舉雙手贊成。每個人都同意這件事對那個地區很有利⋯⋯

傑西

喔，那現在是怎麼回事？

席琳

⋯⋯現在竟然下了定論，說不喜歡它在山丘上的樣子，說會破壞景觀。

傑西

不會吧，我以為都講好了。

席琳

本來是啊！幾乎都敲定了──

傑西

那他們──

席琳

真是氣死人了。

傑西

他們可以這樣反悔嗎？

席琳

可以，當然了。木已成舟了。就這樣。結束了，沒了。

傑西

真可惜。

席琳

不，不，只是讓人很洩氣。我受夠了。

席琳（接著說）

（停頓）

我要接雷米給的那份工作。

傑西

哦，別這樣，妳又不想為他工作。

席琳

為什麼不想？

傑西

為政府工作？

席琳

唔，我想這個政府不一樣。我們需要立法，只有那樣才推動得了事情。

傑西

這並不是唯一的辦法。你們已經完成很多很重要的事了。

席琳

嗯，我一直在想這件事。這樣做才對。

傑西

好吧，那妳可別忘了，妳不喜歡那個傢伙。妳之前在他底下做事的時候，整天都在抱怨。

席琳

對啦，對啦，對啦，他有時候很混帳沒錯，可是行動力強。從現在起，我也要變得——

傑西

好吧。

席琳

——很難搞，是嗎？就這樣。

傑西

好吧，只是我每次看那傢伙，都覺得他這人野心很大。

抱歉，但我得說，我就是不信任他。他從非營利組織轉
到政府部門只有一個理由，就是希望別人拍他馬屁。

席琳

我根本不在乎他，好不好？

傑西

好吧，我覺得妳到時會很慘，好嗎？整天搞政治，這裡
妥協、那裡讓步——

席琳

隨便。我已經做了決定。我當膩了熱心過頭的人，老把
大石頭推上山丘，又眼睜睜看著它滾下來。

傑西

他之前不是經常拿筆扔助理還是怎樣嗎？

席琳

好吧，我一年前就該接這份工作的。你知道，我本來怕
工作量太大，可是我現在覺得那是個大好機會，收入會
更好，而且……我要接就是了。

傑西

好吧。妳確定？

席琳

不，我什麼都不確定，可以嗎？

傑西

好好好——

席琳

我的意思是，那個，要是我離職了，其他人怎麼辦？像法蘭西絲，我是說，他們都滿依賴我的。你覺得呢？我該接還是不接？我應該⋯⋯應該接嗎？

傑西

不不不，我沒意見。我只是不希望妳因為風力發電機這個爛攤子就匆忙做出決定。

席琳

不！不只是那樣好嗎？整個夏天這件事都在我心裡翻攪不停⋯⋯

傑西

是啊，我知道，我都曉得。

席琳

⋯⋯我應該接下來。我要接！

傑西

好吧好吧，那就——那就接吧。

席琳

我就是要接，可以吧？噢，天啊，真希望事情簡單點。我是說，如果我離開，我會完蛋，如果留下來，也會完蛋⋯⋯

傑西（輕笑）

怎麼做都會有麻煩。

席琳

對啊，整個世界爛透了。

傑西

是啊，親愛的。

席琳

噢，天啊。好不容易出門度個假，結果頭兩個星期女兒
們都在生病。

傑西

還有一個住在幾百公里外的好兒子。

席琳

還有妳一生的最愛不懂得隨手收拾，也學不會怎麼刮鬍
子。

傑西

妳說誰啊？該不會、該不會在說我這個衛生隊長吧？難
道妳——

席琳

衛生隊長？這些年來不知去向！

傑西

我們都認識這麼久了，小姐，妳還想怎樣？

席琳回頭看了看雙胞胎女兒。

席琳

天啊！噢，看看她們，好可愛喔！看起來好像連體嬰。
噢我的天，我要拍下來。

她拿出手機拍照。傑西伸手向後搜找什麼卻沒找到。

傑西

嘿，呃，艾拉那顆蘋果吃完了嗎？

席琳

你要跟自己的孩子搶吃的？

傑西

對。

席琳伸手到後座將吃了一半的蘋果拿到前座來。

席琳

好吧，唔，都變黑了。

傑西

嘿，這裡還有一口。

傑西找到蘋果還新鮮的地方咬了一口。席琳拿手機拍下他吃蘋果的樣
子。

席琳

艾拉——這是妳爸偷吃妳東西的證據。如果妳哪天得了
暴食症或厭食症，不是我的錯。別把事情都怪在妳老媽
頭上，OK？

傑西

艾拉，這是我們全家人的蘋果。我正在教妳分享的美好。我愛妳，寶貝。

席琳

噢，真貼心。妳們對這次假期的回憶會跟我們很不一樣。

傑西

那是一定的，我看我媽就知道了。她印象中小時候的我，和我自己記得的完全不一樣。妳可以別再拍我了嗎？

席琳收起手機。

席琳

天啊，我真愛你媽。你對她一直很嚴苛。

傑西

那是妳沒碰上那一段悲慘歲月，只遇到好的。

席琳

那些「悲慘歲月」啊。說到悲慘，我倒是想起一件事……我有沒有跟你說過，我以前養了一隻叫「埃及豔后」的貓咪？沒有嗎？好吧，如果我說過，我想你會記得。我小時候有隻叫埃及豔后的貓，每年春天牠都會跳出籬笆，然後大著肚子回來，最後總是生下兩隻小貓。

傑西

就兩隻？

席琳

兩隻小貓。每年，每次，一窩都生兩隻小貓。我的意思是，這也……太不可思議了吧。然後有一天，那時我30歲左右，我跟我爸共進午餐，我當時在回憶過去的事，提到了小埃及豔后，他就說——「對我來說，最艱難的，就是殺掉那些可愛的小貓咪」——我聽了好震驚！原來——聽好了，原來有時候一窩會生到七隻那麼多——

傑西

喔，天哪。

席琳

可是他會抓起其中五隻——

傑西

喔，不要。

席琳

——放進裝了乙醚的塑膠袋。

傑西（發笑）

太可怕了。

席琳

他都忘了我小時候他和我媽對我說過的謊。

傑西

他怎麼決定該殺哪幾隻小貓呢？

席琳

嗯，我還真的問他了。你是不是專挑最毛茸茸、最可愛的那幾隻？他就哭了出來。

傑西

喔。

席琳

可憐的老爸。

兩人發現他們正好經過一處古遺跡。

席琳（接著說）

噢，我們說好要停車的。她們想看遺跡。

傑西

對，但真的要去嗎？

席琳

嗯，艾拉真的想看。

傑西

對，但我們應該叫醒她們嗎？

席琳

我不知道。

傑西

我說不如這樣吧。我們回機場的路上再去看。

席琳

你知道我們不會的。

傑西

嗯,說的也是。

席琳

好吧。

傑西

所以,再見了,古代遺跡,反正也沒什麼好看的。

席琳

噓!看過一個,就等於看過全部!噢我的天,我們是差勁的父母。我們應該停車的。

傑西

哎,沒關係啦。

席琳

那是文化。別這樣,回頭吧。

傑西

我們得教這兩個小姑娘一點做人的道理,妳懂我意思嗎?

席琳

是啦,是啦。

傑西

我們正在教她們寶貴的一課，好嗎？人生只要貪睡就會
錯過好東西。

席琳

等女兒們吸了古柯鹼跟安非他命十年，進感化院戒毒的
時候，她們會說，「噢，都是因為老爸以前總是告訴我
們，『打個盹就會錯失良機』，所以我們從來都睡不安
穩。」那又是你的錯了。

傑西（笑著）

好啦好啦，我們真是一對爛父母。

席琳

我知道。

傑西

跟漢克分開感覺糟透了。

席琳

為什麼？他很難過嗎？

傑西

當然沒有，他說這是他過得最開心的一個暑假。

席琳

嗯，那很棒啊！我是說，要是我，就不會太擔心他。我
們聊過不少，你知道他目前人生最擔心什麼嗎？

傑西

最擔心什麼？

席琳

青春痘和女生怎麼看他。有其父必有其子，我想。

傑西

誰說的，我才沒有那樣。

席琳

噢，拜託！

傑西

怎樣？

席琳

你明明滿腦子都是那件事！

傑西

哪件事？

席琳

女人啊！我是說——我沒有抱怨的意思，我還滿有身價
的。可是你永遠都在對女生拋媚眼。

傑西

我才沒有拋媚眼。

席琳

有，就是有。

傑西

我從來不拋媚眼！

（模仿性感的西班牙腔）

我只是用眼神跟她們示愛。

席琳

噢，哇。

傑西

嗯哼。

席琳

我喜歡那個西班牙傢伙，或者是希臘的？

傑西（模仿西班牙腔）

我不知道自己是哪裡人，但我身上毛很多。

席琳（笑）

唔，我想……嗯，漢克可能……你知道的。

傑西

怎樣？

席琳

瑪琳娜那個小丫頭。

傑西

誰曉得。他是有心動，可是……

席琳

噢,你在開玩笑嗎?

傑西

怎樣?

席琳

不然你想他為什麼會說這是他這輩子最棒的夏天?

傑西

因為我和他相處愉快?

席琳

傑西……

傑西

不是嗎?所以呢?妳覺得他們……妳覺得他們那個——

席琳

當然了。

傑西

妳覺得他們接吻了?

席琳

對,他們接吻了!對,對。好了,我發誓要保密的,他
跟我說了。他們接吻了,好嗎。

傑西

他怎麼跟妳說的?

席琳

我什麼都不該跟你說的,所以我不要再說了,不過——

傑西

少來。

席琳

好吧。他跟我說他擔心——那個,擔心接吻的事情。就那個啊,要用舌頭,還是不用舌頭。

傑西

什麼?他問妳這個?

席琳

對啊。可是他好——好可愛。緊張兮兮,脹紅了臉,咬著臉頰,就像他小時候那樣。好可愛。

傑西

哇。所以他和瑪琳娜是認真的。

席琳

是啊。

傑西

接下來會怎樣?

席琳

我不知道。他們一定會加對方臉書,這樣就可以保持聯繫,至少會維持一陣子吧。

傑西

嘿——要是他們就這樣一吻定終生了呢？妳說咧？

席琳

真是老套！有時候我真是——

傑西

不是，我只是——我是說——

席琳

怎樣，你是12歲的小女生嗎？

傑西

我只是，那個——

席琳

我是說，初戀對象，你還記得是誰嗎？

傑西

呃，沒錯，我記得，就是妳。

席琳

噢，拜託。說得好像你23歲還是處男似的。我才不——

傑西

不是，妳說「初戀」，不是第一次性經驗，好嗎？

席琳

OK，好吧。說得好像我是你第一個愛上的女人？

傑西

對啊，算是吧。妳是頭一個我覺得心靈相通的女人，肯
定的。

席琳

我不認為。

傑西

什麼，難道我不是妳的初戀？

席琳（停頓）

當然不是。

傑西

喔。不是嗎，我還——我還以為我是呢。

席琳

才不是！

（笑）

傑西，別這樣。很蠢耶。

傑西

沒關係，沒事的，這沒什麼。

席琳

沒什麼嗎？好吧。你幾歲啊？別這樣！

傑西

我41歲了，而且我只愛過妳。

兩人沉默片刻,接著都笑了。

> ### 席琳
>
> 我們那個晚上,你真的很努力想表現,是吧?

> ### 傑克
>
> 那還用說。我皮夾裡有套子,褲襠裡有巨砲。

> ### 席琳
>
> 我竟然被一個美國青少年纏上甩不掉了,真不敢相信。我們晚點一定要那樣嗎?

> ### 傑西
>
> 什麼?哦,是啊,當然要。那對派屈克很重要。亞莉艾妮和史提芬諾可能已經在準備了。小孩們想要再一起開心一次──會很好玩的。

> ### 席琳
>
> 不,不,不,我是指飯店的事,更晚的時候。我只是,我不確定我想去──

席琳的手機響了,她接起電話。

> ### 席琳(接著說)
> #### (對著手機)
>
> 嗨,甜心。對。噢,好,好,好,好。嗯,嗯,沒問題。沒問題!到倫敦再打給我。飛行順利。掰。

傑西想接過手機,但席琳已經掛斷了。

傑西

可是——可是——

席琳

他們要乘客把所有東西都關掉，準備要起飛了。我之前
就要他從飛機上打給我。你也知道，我不喜歡他搭飛
機。

（停頓片刻）

怎麼了？

傑西

我不——我不知道。我不曉得。

（嘆息）

我只是覺得我沒辦法一直這樣下去。

席琳

為什麼？

傑西

只有暑假、聖誕節，妳知道，感覺就像——

席琳

我知道。每次我都滿難受的。

傑西

事情可以不必這麼糟的，只要我——例如送他去讀寄宿
學校之類的，或是——我不曉得⋯⋯要是我和他媽媽的
關係能好一點。

席琳

我知道。就好像要把他送回敵人陣營。

傑西

是啊，但我這次真的沒辦法，妳知道嗎？我是說，他就
要上高一了耶！再四年翅膀就長硬了。

席琳

嗯，也許那算是好消息。再熬個四年就好了。

傑西

不不不，現在是最關鍵的時候。我只是覺得自己應該陪
在他身邊，不然就永遠沒機會了，妳懂嗎？

席琳

不懂。什麼意思？

傑西

我想我只是覺得他應該會選擇和我們住，只是早晚的問
題，妳知道。結果時間過得飛快，一轉眼他就高中了，
妳懂嗎？現在是談戀愛……再來就是申請大學了。

席琳

對，你說得對！也許是時候了。我是說……我真的覺得
是時候了。就把這些事情都跟他媽說，問說能不能讓他
過來跟我們一起住。他會很喜歡的，我們可以讓他去讀
那所雙語——

傑西

那是不可能發生的，好嗎？除非法律強迫她做什麼，否則她一步也不會退讓的。

席琳

你想再打電話給那個律師嗎？

傑西

不要，我不喜歡那傢伙，他遜斃了。

席琳

要我打給他媽嗎？

傑西

唔，不，千萬別再打了。

席琳

對，我知道。

傑西

哎，妳知道他連投個棒球都不會。

席琳

誰在乎啊？

傑西

他那個姿勢……他用手肘帶球，跟個小女生一樣。

席琳

又不是你的錯。

傑西

不對，就是我的錯。做爸爸的就該教兒子這個。

席琳

好吧，他就是不喜歡棒球啊。誰能怪他？

傑西

不，我只是舉例好嗎？只是用它來比喻其他事情。他馬上就14歲了，需要父親的陪伴。

席琳

傑西，我可不會搬去芝加哥。

傑西

噢，我有開口要妳去嗎？

席琳翻了個白眼。

傑西（繼續說）

妳怎麼會這樣想咧？我只是說說心裡的想法。我曾經發誓自己絕對不會那樣，結果回頭卻發現自己那樣做了。

席琳

嗯……聽著，你是個很棒的父親。他很喜歡你們兩個的關係，也很愛你寄給他的信，而且他——

傑西

他根本沒看我寫給他的信。

> **席琳**
>
> 看了，他當然看了，他只是沒說出能敲中你心坎的好話。

> **傑西**
>
> 我只是曉得，要是錯過這幾年，就永遠無法彌補了。

> **席琳**
>
> 噢，我的天。

> **傑西**
>
> 怎麼了？

> **席琳**
>
> 這就是結束的地方。

> **傑西**
>
> 妳在講什麼？

> **席琳**
>
> 大家就是這樣開始分手的。

> **傑西**
>
> 喔，天哪，妳幹嘛……幹嘛小題大作？

> **席琳**
>
> 不，不。我要標記下來。你今天點燃了即將毀掉我們生活的定時炸彈。

傑西笑了。

席琳（接著說）

對啦。你看著好了。

傑西

好吧。首先，定時炸彈不是用點的，好嗎？而是設定時間，它有定時器——

席琳

喔，好，隨便！隨便，好。

傑西

所以才有滴答聲。

席琳

有計時器。哼，你知道怎樣？它正在滴答響。現在。事情就是這樣發生的。

傑西

對啦。

席琳

你自己不快樂，就怪在別人頭上，恨意越來越深，一切慢慢腐爛，最後就分手了。就是這樣。

傑西

妳講這些只是想讓我閉嘴。

席琳

才不是，完全不是！

傑西

就是。妳正在這樣做，沒錯。

席琳

不－不－不－不。我們兩個能撐這麼久，其實我還滿意外的。

傑西

好吧，妳又開始誇張了——

席琳

我們好一陣子都一直並行前進，現在我們的軌道交錯了，我要往西，你要往東。相信我，事情就是這樣發生的。我看過，好嗎？像凱薩琳、亞歷山大——

傑西

妳不是認真的對吧？只是開玩笑。

席琳

哼，並沒有！我聽起來像在開玩笑，可是我沒有。好嗎？

（停頓片刻）

只是——這就是了。

席琳說話時，兩個女孩醒了。其中一個女孩艾拉睡眼惺忪開口說話。

艾拉

還要多久才會到古蹟？

席琳

喔，參觀時間過了喔。

傑西

對啊。寶貝，妳知道嗎？我們決定回程的時候，去機場的路上再去。

席琳

沒錯。

傑西

好嗎？

席琳

我們到時提早離開，好嗎？就這樣。

傑西

對，沒錯。

艾拉

我的蘋果呢？

席琳

妳的蘋果啊。蘋果被吃掉了耶。對吧？

4 漁村商店外，午後

車子停在沿海漁村一家小店外，四人下車，席琳用法文對兩個女孩說話。

> 席琳
>
> 清單給我。

> 傑西
>
> 不在我這裡。

> 席琳
>
> 在你的皮夾裡。

> 傑西
>
> 喔。

> 席琳
>
> 你的皮夾。

> 傑西
>
> 好。

傑西掏出皮夾遞給席琳，她立刻找到單子抽了出來。

> 席琳
>
> 這就是了！

席琳轉頭對兩個女孩說話。

席琳（接著說）

好了，我是大將軍！妮娜上尉，

（用法文交代她要做什麼）

妮娜

遵命！

傑西

為什麼妳是將軍？

席琳

我就是大將軍，可以嗎？

傑西

喔。

席琳

艾拉上尉，

（用法文囑咐她該做什麼）

艾拉

遵命！

席琳

衛生大兵，你什麼都別碰。

傑西

是，遵命。

5 住所外，午後

車子停在海邊一處住所外，四人下車，兩個女孩衝進入口。

6 派屈克家屋外，午後

屋外院子裡，傑西和幾個人正在踢足球。

7 派屈克家屋外，午後

在一座美麗的涼亭裡，派屈克正在聽娜塔莉亞說話。

8 派屈克家屋外，午後

小果菜園裡，席琳、妮娜和艾拉在採蔬菜。席琳心滿意足看著兩個小女孩在大自然裡，親近土地。

> 席琳
>
> 紅色那個。

> 艾拉
>
> 這個嗎？

> 席琳
>
> 很好……好了。彩椒。

9 派屈克家屋外，午後

傑西、派屈克和史提芬諾在院子一處有著美麗海景的角落休息聊天。

史提芬諾

我其實兩本都讀了。第一本叫《彼時彼刻》，第二本叫
《此時此刻》。

傑西

不對，第一本叫《此時此刻》，第二本才叫《彼時彼刻》。

史提芬諾

噢。

傑西

我們家裡常開玩笑，說第一本幫我們成家，第二本幫我
們買房子。

派屈克

嗯哼。

史提芬諾

但席琳應該感覺有點怪吧，老弟，書裡那樣描述她？

傑西

怎麼會？我想她應該習慣了。

史提芬諾

但第二本實在太火辣了，老弟。他沒搭上飛機，兩人把

窗簾拉上，然後沒日沒夜地做愛，好像世界末日一樣。
我是說，哇喔，你們兩個真的那樣做了？

傑西聳聳肩。

史提芬諾（繼續說）
你們真的那樣做了，對吧？

派屈克
你看過傑西第三本書了嗎？第三本其實寫得比前兩本都
好。

傑西
起碼寫的時間比前兩本加起來都長。

史提芬諾
沒有，我還沒看第三本。我是說，我老婆拿給我了，但
我覺得有點長，連書名也長，叫什麼來著？

傑西
《長年上演的小眾話劇〈流年易逝〉裡的臨時演員們》。

史提芬諾
你看，我說得沒錯吧？

傑西
不只是你，其他人也覺得書名太長了。

派屈克
但它寫得比較好，更有企圖心。

（用希臘文說）

頭兩本馬馬虎虎。

史提芬諾（用希臘文說）

是嗎？你這樣覺得？

傑西

他說什麼？

史提芬諾

沒有，他說三本書他都喜歡。真的……

傑西笑了。

10 廚房裡，午後

娜塔莉亞、亞莉艾妮和席琳坐在廚房桌邊切菜。

席琳

我是說，我很喜歡這裡。這個地方很不可思議。這些番茄好神奇。我可以……我可以聞到它們的味道！好香啊。

亞莉艾妮

是啊，派崔克引以為傲。

席琳

我知道這很蠢，可是我們要離開巴黎來這邊的時候，我有點緊張。現在要離開了，我又捨不得走了。

娜塔莉亞

妳為什麼緊張？

亞莉艾妮

對啊，為什麼？

席琳

我不知道。這個地方充滿了幾千年的神話和悲劇，我以為會發生什麼悲劇事件。

娜塔莉亞

怎麼，妳以為牛頭怪[11]會吃了妳的孩子還是什麼的嗎？

席琳

對啊，沒錯。

三個女人都笑了。

11 院子裡，午後

回到那三個男人……

傑西

好吧，是這樣，這幾天在這裡，我一直在琢磨一個構想，主題是一群大腦異常的人。我想從他們各自的獨特視角出發，去描述他們一天的生活。就好比其中有一位

11　Minotaur，古希臘神話牛頭人身的妖怪，又譯為米諾陶。

老太太，她不論見到什麼都覺得似曾相識，不論經驗到什麼都像之前就經歷過似的。譬如她可能坐在這裡跟我們聊天，看起來很正常，但她腦袋裡卻想，這話他不是已經說過了嗎？我們昨天在這裡的時候，他不是就說過一樣的話了嗎？

史提芬諾

就好像似曾相識。

傑西

沒錯，只不過所有事都這樣。

史提芬諾

喔。

傑西

對，就是這樣。她所接觸到的每一樣東西，早餐、報紙或電影，她都覺得自己經歷過了。

史提芬諾

真的有這種症狀嗎？

傑西

有，叫做持續性既視……真的有，只是我講不出名字而已。

其他兩人笑了。

傑西

接著是認人能力截然相反的兩個人。一個20年來都認不

出自己的老婆，看到鏡子裡的自己會覺得那個人和他沒有關係。另一個人完全相反，她是中年主婦，所有事情都過目不忘，因此雖然住在大城市裡，她卻覺得像是小鎮一樣。比如有輛計程車經過，她就會想，「咦，那不是三年前聖誕節在巴黎孚日廣場放我下車的司機嗎？」或者街上走過一位老婦人，她就會想，「哦，她就是去年在地鐵上坐我後面的後面的那個老太太。」所以不管見到誰，她都覺得很熟悉、很親切。

史提芬諾

嘖，我就像你剛才講的第一個人，老弟，見到人通常都沒什麼印象。

鏡頭帶到派屈克的孫子阿奇里斯和他的女友安娜剛從海灘回來，從院子裡走過。安娜故意拍了男友屁股一下，然後走進屋裡。阿奇里斯過來和這三名男子會合。

傑西

嘿，阿奇里斯！安娜！你們好啊。

派屈克

瞧這小子，他這個暑假過得比誰都爽。

阿奇里斯

嘿，帕普斯[12]。

---

12 παππούς，希臘文的「爺爺」。

史提芬諾

所以，你剛才說……有三個角色，對吧？

傑西

不對，是一群人，他們只是其中三個。例如我目前寫的
這一章，就是在講一個名叫阿奇里斯的希臘年輕人。

阿奇里斯

我嗎？

傑西

呃，我是以你命名的。這小伙子掉進了迴圈，不管看到
什麼都覺得轉瞬即逝。譬如他看著這片海，就會想到這
片海有一天會乾涸，只剩下化石。

史提芬諾

嘖……怎麼說呢……我覺得有點做作。

傑西

不不不，不會做作，我保證，而是很有趣，非常有意
思。例如他拿到一本書時馬上就會想，誰會是最後讀到
它的人？

史提芬諾

你覺得這很有趣？

所有人都笑了。

阿奇里斯

我有時也會那樣想。

史提芬諾

好吧，所以他對奶子、車子、美酒之類的統統不感興趣，只想著死亡。

傑西

呃，也不盡然，好嗎？感覺就像轉換，你知道，一眼就看到太遠的未來。

史提芬諾

好吧。

派屈克

我喜歡這個小說的構想，但你應該加一個像我這樣的老頭進去，一個連早餐吃了什麼都會忘的可憐蟲，卻對自己14歲那年席拉·坎貝爾在朱利酒吧跳脫衣舞時播放的音樂記憶猶新。

傑西

這主意不錯。

史提芬諾

所以，這些人都迷失在時間裡了，對吧？但他們之間的聯繫是什麼呢？他們會做愛嗎？你難道不需要把他們串在一起？

傑西

他們不是迷失在時間裡好嗎？而是感受問題，就這樣。我想把整部小說設定成和某部電影有關，譬如所有角色都會跟《岸上風雲》扯上關係。

（對阿奇里斯）

你有看過《岸上風雲》嗎？

阿奇里斯不確定，但史提芬諾跟他說了希臘片名。

阿奇里斯
哦，馬龍白蘭度演的嗎？

傑西
對。

阿奇里斯
有看過。

傑西
那好。所以，小說第一章是在1954年的週末，地點是紐約時代廣場。那位看什麼都似曾相識的老婦人走進戲院去看早場電影，只是她從頭到尾都在想，我不是看過這部電影了嗎？

史提芬諾
嗯。

傑西
好，另一章是在1979年巴黎的電影教學課上，然後是1993年在慕尼黑舉行的卡山[13]回顧展。

---

13 伊力・卡山（Elia Kazan，1909-2003），希臘裔美國名導演，導過《岸上風雲》、《慾望街車》、《天倫夢覺》、《天涯何處無芳草》等名作。

史提芬諾

所以這講的就是時間，怎麼不是時間呢？

傑西

呃，是時間沒錯，但更重要的是心理感受。感覺你不喜
歡。

史提芬諾

我只是覺得又會寫很長。

所有人都笑了。

派屈克

嘿，我喜歡。別理他，做單車的懂什麼？記得寄一本到
家裡給我。

傑西

沒問題。

12 派屈克家屋外，午後

五個小孩在院子某處玩遊戲。

13 廚房裡，午後

亞莉艾妮、史提芬諾和席琳在廚房準備餐點。

席琳
在法國，我們會把番茄塞在番茄裡，彩椒塞在彩椒裡。

亞莉艾妮
喔？是嗎？我們這邊會在番茄跟彩椒裡塞同樣的內餡，因為在味道上會有不同的效果。噢，席琳，不要塞太多餡，免得烤的時候溢出來，烤箱會弄得一塌糊塗。

席琳
OK，OK，好。

史提芬諾
妳做得很好，席琳。

亞莉艾妮
尤其不要聽史提芬諾的，因為他沒做過這道菜，他平常根本不下廚。

史提芬諾把亞莉艾妮的刀拿過來。

席琳（笑著）
OK。

史提芬諾
妳知道，我是說……

亞莉艾妮和史提芬諾
（用希臘文鬥嘴）

史提芬諾（用希臘文說）
放開啦，妳放開！

亞莉艾妮（用希臘文說）
史提芬諾，你幹嘛拿我的刀子啊？別再偷別人的刀子了。你用這把刀來弄就可以了。

史提芬諾（用希臘文說）
親愛的，拿這麼小的刀我沒辦法切東西。

席琳
你們竟然拿著刀子吵架？好了，住手！別再拿刀子吵架了。

亞莉艾妮
我們沒吵架啊。我們是在商量。

安娜走進廚房停在冰箱前。

席琳
好，商量，你們這樣叫商量？哇。
（用法文）
拿刀子商量。

亞莉艾妮（用法文）
沒錯。

席琳（用法文）

不賴喔。

史提芬諾

這就是我們的相處之道。

席琳

哇，所以你們找到了適合你們的相處方式。

亞莉艾妮

嗯—哼。

席琳

我以為那叫做關係。可是我喜歡「相處之道」這個說法，
滿好的。那個已經好了，對嗎？

亞莉艾妮走過來拿走史提芬諾的荼，吸了一口。

史提芬諾

弄好了。

席琳端著一盤開胃菜準備離開。

席琳

（用法文對安娜說）

那你們呢，你們的相處方式是什麼？

安娜用手做出口交的動作。

> **席琳**（接著說）
> （用法文）

這個方式如何？

席琳伸出舌頭在兩指之間。

> **安娜**（用法文）

不賴嘛。

席琳離開廚房。

> **史提芬諾**

我們以前也是那樣。

安娜笑了。

14 海灘，午後

傑西帶著孩子走下石階，來到派屈克家山壁下的一小片岩岸邊。

> **傑西**

別游太遠，孩子們！

鏡頭捕捉到動人的一刻，傑西望著大海和孩子們，沉浸在美景之中。他拿出手機查看簡訊，美好時光就過去了。

15 屋外餐桌前，午後向晚

所有人晚餐吃到一半，傑西拿湯匙敲了敲酒杯，要大家聽他說話。

傑西

好的，我想趁著這頓飯感謝在座各位，尤其是你，派屈克，讓我們度過了想像不到的六個禮拜。一切都出於一封大學的邀請函，要我們到希臘伯羅奔尼撒南部來，到一位大作家的家裡作客，而我們想，「好啊，有何不可？」之前在機場，漢克告訴我這是他過得最棒的一個暑假。

眾人附和。

傑西

我也一樣。所以，謝謝你，派屈克，不只謝謝你為我和我們全家所做的一切，也謝謝你的各種慷慨。敬派屈克！

眾人

敬派屈克！

眾人互碰酒杯。

派屈克

謝謝，謝謝，謝謝！老實說，我在機場第一次見到你的時候，心想，「這男的穿成這樣，怎麼可能是作家？」

眾人大笑。

派屈克

不過——不過我現在知道為什麼了。過去十年我們邀過許多大作家,但從來沒有一位的伴侶比作家本人還有意思。

眾人

哦～

所有人都笑了。

席琳

就跟你說了吧。

派屈克

另外,席琳,感謝妳和妳的兩個女兒替這裡增添了無比活力,同時也很高興能介紹妳和我的好友娜塔莉亞認識,她先生埃里亞斯過去和我情同手足。

席琳（對派崔克說）

窗簾的事我很抱歉。

派屈克

沒關係,別在意。

傑西

我知道,但我真的不該亂扔莓子——

席琳

不,我是說,說真的——

傑西

是我的錯。

派崔克／席琳

不對不對，別這樣說。

阿奇里斯

爺爺，謝謝你今年夏天邀我和安娜過來……他之前只會
吩咐我做這做那，但這回帶了安娜來，他就讓我跟大人
一起吃飯了。

傑西

歡迎加入大人桌！恭喜恭喜！

席琳（對安娜說）

你們兩個在一起多久了？

安娜

從去年夏天開始。

阿奇里斯

我們一年前在這裡相遇，那時我再過幾天就要從爺爺家
回雅典了。

安娜

對啊，我們在閉幕夜的演員派對上認識。我那時候在埃
匹達魯斯古劇場演莎劇……

傑西

妳演哪個角色？

安娜

我在《冬天的故事》裡扮演珀迪塔。

史提芬諾

而且她演得非常好！對吧，派屈克，我們一起去看的。

派屈克

啊，珀迪塔⋯⋯「當妳跳起舞來，我願妳是海裡的浪，如此便已足夠」。

眾人（喝采鼓掌）

演得好！

史提芬諾

你演得比劇裡的那個傢伙好多了！

阿奇里斯

許多人到現在還是對那部劇津津樂道。

安娜

對啊，不過⋯⋯慶功宴更棒，我們就是那時候認識的。

阿奇里斯

我騎了一輛BSA英國古董摩托車。

傑西

好車。

阿奇里斯

對呀。我們騎車閒晃了一整晚，等我載她回劇院拿東西時，天都亮了。

安娜

我永遠不會忘記。那是戶外劇場，可以容納一萬兩千人，可是當時空無一人。

阿奇里斯

沒錯，她直直走到後排坐下，而我則是走上舞台，輕聲對她說……

安娜

對啊，音響效果好到難以置信。我可以看到他嘴巴在動，三秒鐘過後，耳邊就響起他的聲音。

傑西（輕聲問安娜）

他說了什麼？

安娜只是笑而不答。

傑西（接著說）

哇哦！好吧！

亞莉艾妮（笑著）

那是悄悄話。

阿奇里斯

然後她幾天後就得飛回巴黎。

席琳
你們都怎麼保持聯繫？

阿奇里斯
我們視訊，幾乎每天都聊，一直到現在。

安娜
嗯，我們分隔兩地的時候，習慣把筆電放在枕頭旁邊，一起入睡。

席琳
啊，新世代的浪漫！

阿奇里斯
等我醒來，螢幕通常已經卡住了……安娜的臉定格在一些奇怪的表情上，例如……

（模仿安娜的臉）

史提芬諾
好，那我可以問個問題嗎？

安娜
嗯。

史提芬諾
你們視訊的時候會不會，妳知道，搞點刺激的？

亞莉艾妮
天啊，你好低級！

史提芬諾

才怪，這哪裡低級了？我只是一個對虛擬世界感興趣的
業餘人類學家，純理論層次的。

亞莉艾妮

所以你現在又成了人類學家？

史提芬諾

沒錯。比方說不久的將來，人做愛的時候，這不是我自
己掰的，有可能是將生殖器放入某個裝置，或貼上什麼
裝置——抱歉，我就直說了——然後你就能跟自己選的
任何人進行虛擬性愛，而且能按照你的所有偏好作設
定。你希望瑪麗蓮夢露在你耳邊說什麼，都可以自己輸
入。

眾人（回應）

哦～

席琳

喔，我可能會喜歡喔。

傑西

少來了。

阿奇里斯

我是覺得，那又怎樣呢？我們有愈來愈多經驗都是發生
在虛擬世界了。

安娜

是啊……你是作家，等哪天電腦寫得出比《戰爭與和平》
還精采的書，你會有什麼感覺？

派屈克

那是不可能的。

阿奇里斯

我覺得問題不在會不會發生，爺爺，而是**哪時**會發生。

傑西

老實說，我覺得我的想法可能跟棋王卡斯帕洛夫差不
多。你們還記得那些棋手再也贏不了那台叫啥的超級電
腦後，他們的感受嗎？

史提芬諾

深藍。

傑西

對對對！還記得起初大家都以為電腦絕對贏不過棋王。

史提芬諾

沒錯。

傑西（模仿異國腔）

機器缺乏人類那種奧妙的直覺。

眾人大笑。

傑西

現在我們卻輸得一塌糊塗。

席琳

我看過一部紀錄片，裡面拿實驗鼠來做試驗，老鼠身上植入了電極，老鼠只要按下按鈕，就會得到高潮。

眾人笑。

席琳

科學家嘲笑這個可悲的小東西，因為牠不吃也不喝，其他事情都不做，最後就死翹翹了。我是說，我想那就是人類的未來。嗯，就是(示範老鼠垂死的樣子)……最後就掛了。

眾人大笑。

派屈克

嗯哼，或許吧，只是每代人都覺得世界末日快來了，可是……我卻覺得自己已經活在其中。

傑西

好吧，那我問你，派屈克，我想許多人都有這種感覺，現代人縱情逸樂，是被性愛敗壞的物質主義者，將人性割讓給科技……但於此同時，電腦卻開始有感情了，對吧？所以我想問的是，「自我」到底是怎樣的一個概念？

派屈克

雅典的德爾菲阿波羅神殿正門上刻著一行字，葛諾希·
薩夫東 [14]，意思是「認識你自己」。

傑西

是啦，但現在幾乎所有東西都自動化了。而人格，或我
們稱之為「自我」的那個東西只是大腦運作的極小一部
分，不是嗎？

史提芬諾

沒錯。

傑西

絕大部分的身體機能都是自行運作的。

席琳

是啊。

傑西

所以我們到底割讓了什麼？

席琳（打岔）

如果這個自我概念在你身上占這麼微小的比例，親愛
的……

傑西

嗯哼。

---

14 希臘原文為 γν θι σεαυτόν（gnothi seauton）。

席琳

那我為什麼老是聽到這麼多關於它的事？

眾人笑。

史提芬諾

自我其實就像我的老二。雖然不大，只是我的一小部分，卻需要很多的關注。

席琳

他的也是！

安娜

你們兩個怎麼認識的？

亞莉艾妮

妳不知道？

安娜

什麼？

史提芬諾

嗯，這妳就要看傑西的書了。

席琳

對啊，尤其如果想知道跟我做愛是什麼狀況，盡管讀吧。

史提芬諾

快去讀！

席琳

噢，可以了喔，史提芬諾。

史提芬諾

沒有啦，我只是說寫得真的很好。

傑西

謝謝！我們大約18年前認識，有點算是一見鍾情，但後來失去聯繫，十年後又巧遇了。

席琳

不，不，不，我們不是巧遇的，親愛的。

傑西

不是嗎？

席琳

不是。你寫了本書，「靈感」來自我們的相遇……

傑西

對啦，沒錯……

席琳

我讀到了這件事，就跑去找這本書。

安娜

滿浪漫的。

傑西

確實很浪漫。

席琳

其實不算，其實不算。他竟然沒提自己已經結婚，而且還有個孩子……

傑西

那是細節，細節……

席琳

對啊，那部分真是個災難。

傑西

不算災難吧，只是躲不掉。

席琳

對啦，OK。而且我們才第一次沒戴保險套上床，就中了雙胞胎大獎！

傑西

沒錯，一棒就是全壘打，鏘！

席琳

從此以後，我就被家庭綁住了！很抱歉這麼說，不過──

安娜

沒那麼慘吧？你們的女兒那麼漂亮。

傑西

謝謝！

席琳

是很可愛沒錯。

眾人笑。

席琳

OK，不對不對，還是有些好處啦。安娜，我現在要告訴妳怎麼留住男人。

安娜點頭。

席琳（接著說）

所有愚蠢的小遊戲，都要讓他們贏……

傑西

喔，好吧。

席琳

……只要是他們喜歡的。我認識傑西的第一天晚上，我們去玩彈珠台，我當然占了上風……

傑西

人類的感情都是建立在謊言上的嗎？沒錯，就是。

席琳

……最後一分鐘，我讓球從中間掉下去。這樣可以建立他們的自信心。

傑西

才怪，她什麼遊戲或比賽都贏不了我，一場也別想。

席琳

如果我沒有每場遊戲都讓他贏……我們永遠都上不了
床。我的意思是，我很遺憾得這麼說，可是他骨子裡其
實很大男人，夢想娶一個漂亮蠢妞當老婆。

眾人笑。

席琳

是夢想！

傑西

對，我人生最大的夢想，大奶妹。

席琳改變聲音與神態，裝成蠢妞的模樣。

史提芬諾

哇！

席琳（用娃娃音說）

所以……

史提芬諾

喔——哦。

傑西

怎麼了？

眾人笑。

席琳

所以你是作家？

傑西

是啊，我是。

席琳

你寫……書嗎？

眾人笑。

傑西

我是寫過幾本書沒錯，是啊。

席琳

哇，我以前從沒遇過作家耶。

傑西（緊張笑著）

哦，是嗎？

席琳

你一定很聰明。

傑西

呃，這個嘛——

席琳

欸，我很累的時候，有時候連自己的名字都寫不出來。

傑西

妳喜歡哪一類的書？

席琳

唔，我喜歡背後有意義的故事，像是真的很美的愛情故
事⋯⋯

傑西

哦，是嗎，噢。

席琳

那個，我讀過一本書，叫《羅密歐和⋯⋯》

傑西

⋯⋯茱麗葉》，對吧？

席琳

對耶！

傑西

嗯哼。

席琳

哇，你知道！

傑西

《羅密歐與茱麗葉》挺棒的，但它其實是一齣劇，不是
書。是劇。

席琳

噢,我還以為是電影改寫成的書呢。

傑西

不是。

（笑）

不是,是戲劇,嗯。

眾人笑。

席琳

好吧,原來是劇作。哇。嗯,其實我沒看完,因為你也
知道,有時候我必須讀讀雜誌的文章,追蹤名人的生活
狀況,才跟得上時代。

傑西

嗯,那很重要。

席琳

對。嗯,你真的非常、非常聰明,而且啊

（壓低聲音）

你一定有一根大肉棒。

傑西

哦,這女人真是太讓我著迷了!

席琳

對啊,沒錯——冷靜啊!

眾人看戲。

史提芬諾

哇哦。

席琳

那就是有趣的部分！這個骨子裡是大男人的人，不大有趣的部分就是，呃——今天，我們送漢克去搭飛機之後，他跟我說，雖然有人要給我一份超棒的工作，但是他要我拋開一切，搬去芝加哥。

傑西

我沒那樣說。

席琳

就是。

傑西

我只是說我很想他。妳先提讓妳掙扎的事，我就講了我的。

席琳

這樣我們隔週週末就可以幫他前妻帶小孩！真是太搞笑了。

亞莉艾妮

嘿，嘿，嘿！你們別再鬥嘴了。今天跟漢克道別，一定很難受吧？

席琳

嗯，當然。

亞莉艾妮

我是說，他是那麼棒的孩子。

阿奇里斯

跟他說，我已經開始想念我的棋友了。

傑西

沒問題。

亞莉艾妮

等我哪天跟史提芬諾分手⋯⋯

史提芬諾

怎樣？

亞莉艾妮

我要拿完全監護權。

史提芬諾

哦，剛開始讓妳一段時間沒問題，因為我和我的20歲小
女友會先忙上一陣子。

眾人笑。

亞莉艾妮（笑）

我真愛男人。

史提芬諾

我也愛妳。

亞莉艾妮

噢，我有個故事，我老公還滿喜歡的，這個故事一語道
破男女的差異。嗯？OK，準備要聽了嗎？

傑西／史提芬諾

好了。

亞莉艾妮

我媽以前當護士，病人從昏迷中甦醒的時候她都會在
場。

史提芬諾

哦，那個故事，好吧。

亞莉艾妮

認真聽！聽好了。

史提芬諾

我在聽。

亞莉艾妮

這個故事很有意思。

史提芬諾

我在聽。

亞莉艾妮

所以她要負責告訴病人：「嗨，我叫凱特琳娜，你剛從昏
迷中醒來。」

史提芬諾在亞莉艾妮背後學她講話。

> **安娜**（笑著）
> 抱歉。

> **亞莉艾妮**
> 「你碰到很嚴重的車禍，你會好起來的。」

亞莉艾妮伸手摀住史提芬諾的嘴巴。

> **亞莉艾妮**（接著說）
> 「你不會有事的。」你們知道，就那類的話。她說每個女人的第一個反應，就是追問其他人的狀況。「我的孩子們還好嗎？我的老公還好嗎？還有其他人受傷嗎？」每個男人——沒有例外——聽到這番話之後，第一個反應是什麼？就是往下檢查自己的老二。

眾人大笑。

> **傑西**
> 我說，你得確定它還在好嗎？確定它還管用，這是一定要的！

> **亞莉艾妮**
> 當然，當然！

> **史提芬諾**
> 還能一柱擎天。

亞莉艾妮

是，是，是，是。

史提芬諾

沒錯，就是這樣。

亞莉艾妮

只有到最後，一直到最後，他們才會問起孩子，或問起自己可能不小心害死的人，那類的事，重要的事。

席琳

這不就說明了一切嗎？老二排第一，然後才是世間其他一切。

亞莉艾妮、安娜和在場女性（念誦）

老二、老二、老二、老二、老二、老二——

傑西

喔喔喔，慢點慢點。要是妳們能單從性別的角度解釋這一切，那妳們，或者說女人為什麼老是要浪費時間，不厭其煩地嘗試改變男人呢？

史提芬諾

沒錯！一切都是生物本性。有什麼問題呢？

席琳（對傑西說）

你真的很會扭曲事實耶。我是說，他真是個天才！

傑西

才不是，我只是說妳們這樣做就好像抱怨青蛙是綠色的
一樣。

史提芬諾

沒錯。

席琳

對啊，對啊，沒錯！

安娜

聽了這些，我納悶，「永恆愛情」這個想法還適用嗎？我
是說，我們明明知道最後都會分手。

阿奇里斯

一定會。

傑西（對安娜和阿奇里斯說）

嗯哼，但你們的爸媽還在一起嗎？

安娜

怎麼可能。

傑西

不在一起。那你爸媽呢？

阿奇里斯

他們還在一起，但也可能離婚。

傑西

的確，是有可能。

阿奇里斯（笑著說）

我想他們要是錢夠多的話，應該早就離了。

亞莉艾妮

天啊，你們好實際！我真是生錯世代了。

安娜

我的曾祖母臨終時寫了一封長達26頁的信給我們家族。她花了三頁的篇幅寫自己為某齣戲製作的戲服，只有一段寫到她老公。

傑西

她也是演員嗎？

安娜

不，她是個……

（用法文）

怎麼說，女裁縫師。

席琳（用英文）

女裁縫師，女裁縫師。

安娜

女裁縫師……她有好多很棒的朋友。關於我曾祖父她只提到三件事：他打過仗，我們因為他的工作而搬家，他死了。她給大家的重要建議就是不要為浪漫愛情陷得太深。她說，友誼和工作，為她帶來最大的快樂。

亞莉艾妮

我太同意了。我是說，我們就是被「心靈伴侶」這個想法折磨得好慘，對吧？想像有人能夠讓我們變得完整，想像有人能夠拯救我們，這樣我們就不必照顧自己。跟史蒂芬諾在一起，我把標準放得超低——我知道他沒辦法滿足我的任何需求。

眾人笑。

史提芬諾

真的太難了！

阿奇里斯（對派屈克）

那奶奶呢？她是你的靈魂伴侶嗎？

派屈克

說她是靈魂伴侶蠻好的，但你奶奶實際上理性得多。她很獨立，也要求我要獨立，有很多中間地帶可以調整。

安娜

嗯，聽起來滿理想的。

史提芬諾

是啊，確實很理想，真的。

派屈克

不過，你們也知道，我老婆不在了。我們從來不是一體的，永遠是兩個獨立個體，而我們也喜歡那樣。

亞莉艾妮

那樣很美好呀。我想我老公總是試著要霸占我，嗯。

史提芬諾

我霸占妳？

亞莉艾妮

對，可是我也霸占你啊，親愛的。

史提芬諾

嗯，那就沒事了。

派屈克

但歸根結柢，重要的不是愛另一個人，而是愛生活。

史提芬諾

很高興聽你這樣說，派屈克，因為生活我能自己掌握，但亞莉艾妮嘛……我們都知道希臘人發明了悲劇，對吧？而且她老家在瑪尼[15]，英文「發狂」的字源就出自那裡。

眾人大笑。

席琳

問問飯店的事。

---

15 瑪尼是Mani，希臘地名；英文的「發狂」則是maniac。

傑西

各位，我問一下，要是我們今晚不去飯店，你們可以取消預訂拿回退款或自己去住嗎？還是——

史提芬諾

不行不行，取消預訂拿不到退款。

亞莉艾妮

你們想溜之大吉嗎？你們得去喔。

史提芬諾

你們一定要去。

席琳

不是，你們送我們這份禮物真的很棒，可是我想到要打包還有女兒們，壓力就很大，而且——

亞莉艾妮

不，不，不——

史提芬諾

兩位，我們講好了，因為你們幫我們看孩子。你們一定會喜歡那裡的。

亞莉艾妮

我們會替你們照顧孩子。

史提芬諾

那裡真的真的非常棒。

亞莉艾妮

散步到飯店去，沿途風光明媚，你們不會後悔的。如果你們不去，就太不夠意思了。

史提芬諾

沒錯。

席琳

好吧，謝謝。

亞莉艾妮

你們要去喔。

娜塔莉亞

唔，當我想起艾利亞斯的時候，我最想念的，就是他以前晚上躺在我身邊的方式。有時候他的手臂會橫過我的胸口，我動彈不得，甚至會憋住呼吸，可是我覺得很安全……很完整。我想念他在街上邊走邊吹口哨。每次我不管做什麼，都會想他會怎麼說：「欸，今天滿冷的，披個圍巾吧。」可是最近我開始忘記一些小事。他有點慢慢淡去了，我開始忘記他，就好像又一次失去他。有時候，我會逼自己回想他臉龐的每個細節——他眼眸確切的顏色、他的嘴唇、他的牙齒、他皮膚的質地、他的頭髮——這些東西隨著他離去，全都消失不見了。有時，不是總是，有時我真的能看到他。彷彿雲朵散開，他就在那裡。我幾乎摸得到他，可是接著真實世界湧了進來，他再次消失無蹤。有一陣子，我每天早上都能看到他，那時戶外的太陽還不太亮，因為太陽似乎會讓他消隱不見。他會出現，然後消失，好似日出或日落，轉瞬

即逝。有如我們的生命——我們出現，我們消失，我們對某些人來說如此重要，但我們都只是過客罷了。

傑西（舉杯）

敬過客。

16 戶外散步之一，傍晚

席琳和傑西走過一片老舊的區域，一邊說話。

傑西

……最後他在窗戶倒映裡看見自己的臉，發現自己不再是那個九歲小男孩了，妳知道。他突然之間變老了，長了鬍子，眼睛也濛了，但還是——

席琳

噢，這個感覺有點悲傷。一開始我以為你要跟我講的，是那個男人的故事，他有個想像中的朋友。

傑西

哪個？

席琳

他五十多歲的時候，想像中的朋友又出現了，對吧？

傑西

和一隻蜂鳥一起？

席琳

對，就是那個。

傑西

哦，嗯。妳喜歡那個故事？

席琳

很有趣啊。

傑西

喔。

席琳

你讓我讀過一封信，20歲的你寫給40歲的自己，記得嗎？

傑西

當然，我還記得第一句話：親愛的40歲傑西，但願你沒離婚。

席琳

不，我根本不記得那部分。我指的是那封信的其他內容……你還是以前那個傢伙。

傑西

嗯哼……

席琳

我是說，我們總是以為自己在進化，可是也許我們改變不了多少。

傑西

妳知道我覺得自己哪裡變了最多嗎？

席琳

哪裡？

傑西

年輕的時候，我總希望時間能過得快一點，妳知道嗎？

席琳

為什麼？

傑西

呃，這樣我才能獨立自主，才能脫離爸媽和學校之類的狗屁，妳懂嗎？我希望自己閉上眼睛，隔天醒來就成了大人。現在一切都照我想像的發生了，我卻希望時間能慢下來。

席琳

嗯……很奇怪——我一直有種感覺，就是不管我在人生的哪個階段，都是一個回憶或一場夢境。

傑西

我知道，妳一直有那種感覺。我也是。感覺就像這真的是我的人生嗎？這一切真的是現在進行式嗎？

席琳

是啊。

傑西

我知道。

席琳和傑西相視而笑。

傑西（接著說）

我每年每年似乎都變得更卑微、更渺小一點，覺得有許
多事我永遠無法知道或理解。

席琳

我就常這樣跟你說啊。你一無所知！

傑西

我知道，我知道！我發現了！

席琳和傑西相視而笑。

席琳

可是不知道也不是那麼糟糕的事。我是說，重點是要觀
察，要尋找。要保持飢渴，對吧？

傑西

我知道，的確是。我只是希望能容易一點。

席琳

什麼意思？

傑西

嗯，就是保有一定的熱情，妳懂嗎？以前熱情不用找就

有。我記得年輕一點的時候，我和我那群作家朋友都覺得自己做的事情很重要，感覺時代是屬於我們的。

席琳

但你們其實是一群自大的小傻瓜，對吧？

傑西

不是，我們——

席琳

聽起來就是。（笑）

傑西

好吧，也許是。我也不曉得，只是那股能量長大之後就消失了，創造力或雄心壯志之類的，妳知道。我覺得人還是年少輕狂一些才好。

席琳

年輕人老愛自我比較。他們會拿一堆指標來評斷自己。你以前也常常這樣。

傑西

我常常怎樣？什麼意思？

席琳

像是：韓波[16]到17歲已經讀過這個，費茲傑羅到30歲已經做了這個……

---

16 Rimbaud（1854-1891），法國詩人，超現實主義詩歌的鼻祖。

傑西

還有巴爾札克每天早餐前就能寫出一本書，我到底在幹嘛？

席琳

對啊，可是女人比較不會那樣想。

傑西

妳這樣覺得？

席琳

是啊。也許是因為我們女人可以拿來比較的對象少多了。在人生中達到任何成就的女性，第一次聽到她們的時候，她們大多都50多歲了，因為她們在更早以前很難得到認可。她們辛辛苦苦掙扎了30年，或是先要養兒育女、困在家庭裡，最後才能隨心所欲。老實說，你知道嗎？這樣還滿自由的。我們不必把人生花在跟金恩、甘地、托爾斯泰較量上……

傑西（笑著說）

哦，那聖女貞德呢？我是說她小小年紀卻拯救了法國。所以……

席琳

誰想當聖女貞德啊？

傑西

是嗎？

席琳

別提法國了。她被綁在木柱上被火活活燒死，而且還是個處女！OK？我一點都不嚮往。還真是了不起的成就！

傑西（笑著說）

好吧，對對對，隨便啦。

席琳（笑）

噢，天啊。

傑西

怎麼了？

席琳

不，沒事。

傑西

怎樣？

席琳

這樣很怪。

傑西

什麼意思？

席琳

噢，就現在這樣啊。我們，一面散步，一面聊天……

傑西

喔，是啊。

席琳

……聊行程、三餐、工作以外的事情。

傑西

是啊，沒錯，我們已經多久沒有散步閒聊了？

席琳

你聽到我聽到的東西了嗎？

傑西

妳說海的聲音嗎？

席琳

不是。

傑西

什麼？哦！沒有小孩的聲音，沒有東西打翻需要清理，
也沒有誰喊不公平。

席琳

對。多久沒這樣了？

傑西

妳說無所事事的時候嗎？

席琳

嗯。

傑西

妳還記得我們在盧森堡公園散步嗎？

席琳

記得。

傑西

是嗎？我們每次在水泥乒乓球桌打球，我都把妳打得落花流水。

席琳

嘿，恭喜了！你打贏了身懷雙胞胎的女人！

傑西

嘿，總比輸給一個懷著雙胞胎的孕婦好吧？

席琳

真有紳士風度！嗯。

傑西

（停頓片刻）

哈哈！妳知道我在想什麼嗎？我在想，從我們離開爸媽到自己生了孩子之前的這段時間，只有這段人生是完全屬於自己的。我覺得我自己那段日子大概過了十年，真的很好。感覺就像一道長流……你過一天、一週或一年都沒什麼差別。

席琳

不，我以前都會透過工作、男朋友之類的來事追蹤時間。現在我可以根據女兒們的生活大小事，告訴你過去七年的每個細節。

傑西

是啊，完全沒錯。

席琳

你也會那樣？

傑西

是啊。我是說，現在時間變得很零碎……

席琳

真的假的？

傑西

怎麼？

席琳

不，不，我只是覺得很意外。我很意外你也會這樣做。
不，可是，好了，臨時抽考。

傑西

喔，拜託……

席琳

2009年8月。來嘛，快速測驗一下。那時候怎麼了？

傑西

2009年8月——我們去妳爸媽家度假，妮娜先得了水
痘，沒多久艾拉也中鏢了。

> **席琳**
>
> 好厲害。

> **傑西**
>
> 怎樣，我可以拿到一顆金色星星嗎？

> **席琳**
>
> 也許。嘿，可以問你一個問題嗎？

> **傑西**
>
> 當然。

> **席琳**
>
> 如果我們今天頭一次在火車上相遇，你會覺得我很迷人嗎？

> **傑西**
>
> 那還用說。

> **席琳**
>
> 不，可是說真的，就我現在這個樣子？你會開口跟我聊天嗎？你會邀我跟你一起下火車嗎？

席琳和傑西相視而笑。

> **傑西**
>
> 嗯，我覺得妳問這個完全是假設問題。我是說，我怎麼知道我的狀況是怎樣？而且如果我那樣做，不就等於背叛妳了嗎？

席琳

OK。你為什麼不就直接說「會」？

傑西

不對，我有說啊，我不是說了「那還用說」嗎？那就表
示——

席琳

不－不－不！我要你說點浪漫話，結果你搞砸了。

傑西

喔，好吧。好吧，慢點——我如果在火車上看到妳，聽
著，我一定會目不轉睛看著妳。

席琳

啊，呃。

傑西

然後我會走到妳面前說：「嘿，寶貝，妳把我變成了一頭
困在荊棘叢裡的發情公羊。」

傑西捏了席琳臀部[17]一下。

席琳

住手，很噁耶！還公羊[18]咧。不，真相是，你抽考不及

---

17 電影裡是胸脯。
18 公羊象徵好色的男人。

格。事實上，你不會在火車上把我，甚至不會注意到我——這個大屁股、頭髮快掉光的中年大媽。

傑西

等一下，

（笑著說）

頭髮快掉光？

席琳

對，沒錯！

傑西

妳擺明了要讓我不及格，妳是故意的。

席琳

好啦，我是故意的。確實是。

傑西

是吧？是吧？但實際上，這位禿頭媽媽，在我正式上場那一天，在那個最關鍵的日子，我確實在火車上跟妳搭訕了，沒錯吧？那是我這輩子做過最棒的一件事。

席琳

真的嗎？看，有山羊。哈囉。

傑西

嘿！老實說，妳剛才問的不對，知道嗎？妳應該問，要是我真的邀妳一起下車……

席琳

怎樣？

傑西

妳會和我下車嗎？

席琳

不會，當然不會。有人在等我。

傑西

妳看吧，不是嗎？

席琳

欸，

（笑）

41歲的發情公羊？令人發毛！我現在都起雞皮疙瘩了。
救命啊，警察！

傑西

真不敢相信，我竟然41歲了。

席琳

對啊，我也不敢相信。你變得好老。我沒想過我的枕邊
人會超過40歲。

傑西

對啦對啦……怎樣？

席琳

其實呢，你知道嗎？你是我睡過最老的人。

傑西

嗯，那蠻了不起的，厲害。

席琳

確實。

傑西

我知道妳吹過比我更老的男人。

席琳

什麼？

傑西

還記得華沙那場會議嗎？

席琳

什麼會議？

傑西

萊赫・華勒沙[19]。

席琳

萊赫・華勒沙……噢，你在說什麼啊？

傑西

沒關係，那時我們還沒在一起，沒什麼不好承認的。我

---

19 Lech Walesa（1943-），前波蘭總統，也是人權運動家。

還記得妳提到他「讓妳打開心扉」的樣子。妳絕對幫他吹過，絕對有。

席琳

噢，OK。你真的很誇張耶。那是戈巴契夫，可以嗎？你這個沒地理觀念、超迷足球、愛甜甜圈的美國人。那是戈巴契夫啦。

傑西

很抱歉，我把東歐各國領導人搞混了好嗎？

席琳

而且我才沒替他吹！可以嗎？把話收回去！

傑西

好好好，沒問題，好嘛！

席琳

天啊！

傑西

所以是瓦茨拉夫·哈維爾？還是——

席琳

好了，你知道嗎……

17 戶外散步之二，傍晚

傑西和席琳在某個古老小鎮的巷子裡穿梭。

> **傑西**
>
> 嘿，我本來打算晚一點再跟妳說，但算了，我這個人就是藏不住話。

> **席琳**
>
> 什麼？你長了腦瘤嗎？你要死了嗎？

> **傑西**
>
> 不不不，不是那種事，好嗎？呃，其實也算是。我奶奶過世了。

> **席琳**
>
> 什麼？什麼時候？

> **傑西**
>
> 呃，晚餐前我收到我爸的簡訊。

> **席琳**
>
> 噢，真遺憾。你為什麼沒跟我說？

> **傑西**
>
> 我知道。其實大家都有心理準備了。妳知道，她年紀很大了，96歲，人生過得很精采。

> **席琳**
>
> 是啦。不過，看來你爺爺過世沒多久，她就走了。

傑西

對啊，差不多一年。有趣的是，我奶奶還是個大聖人。

席琳

嗯。

傑西

大戰時她是護士，又照顧我們一大家子，妳知道。她從來沒有兇過任何人。

席琳

啊，真希望我認識她。

傑西

沒事的，別在意。因為到後來，妳知道，她其實不喜歡認識人。一輩子都笑臉迎人，爺爺過世後，她的脾氣就變得有點壞了。

席琳

唔，你也知道，這也難免啊，她還在哀悼，不是嗎？

傑西

嗯，我爸說她只是在等死。

席琳

他們結婚多久？

傑西

74年。

席琳

要命！

傑西（笑著說）

沒錯。

席琳

那怎麼可能啊？如果我們在一起74年，到時都多老了？

傑西

呃……那我們要從什麼時候算起？

席琳

我想，從我們第一次上床算起？

傑西

好吧，嗯，可以啊。所以是，嗯，1994年。

（嘴裡喃喃計算著）

席琳

好。從1994年……從現在開始再56年。

傑西

我知道了，那就是98歲。

席琳／傑西

天哪！

席琳

你還能再忍受我 56 年嗎？我必須知道！好嗎？因為我不知道能不能忍受你。

傑西

妳想想他們經歷過多少轉變，真不可思議。我是說，他們倆認識的時候，家裡連電都沒有，他都騎馬載她去上學好嗎？

席琳

噢，好浪漫……真是不可思議。

傑西

對啊。兩人畢業的時候，爺爺是畢業生代表，奶奶是致詞代表。

席琳

什麼意思？

傑西

就是他是全校第一名，她是第二名。

席琳

我打賭她故意寫錯幾個答案，免得他覺得受到威脅。

傑西

噴，她如果希望有人和她上床，最好放水。

席琳

對啊，顯然跟某某人一個樣子。

傑西

是啦。總之，我打電話給我爸，妳知道，在我收到簡訊之後，跟他⋯⋯

席琳

嗯，嗯，當然了，嗯。

傑西

⋯⋯妳知道，跟他說我很難過，但我想我應該搞砸了，因為談話中間我跟他說「嘿，爸，你現在是孤兒了」，但他覺得並不好笑。

席琳

對，一點都不好笑。

傑西

是啊，應該是。（笑）

席琳

下一個輪到他，再來是你。

傑西

我知道。還有他跟我說爺爺奶奶希望舉行聯合告別式，骨灰能混著埋在一起。

席琳

你爺爺沒辦葬禮嗎？

　　　　　　　　傑西

對啊，記得嗎？他們倆互相發誓，絕對不參加對方的葬
禮。

　　　　　　　　席琳

噢，對。我還滿喜歡你來參加我的。

　　　　　　　傑西（笑著說）

什麼？

　　　　　　　　席琳

想像你難得穿著西裝，鬍子刮得乾乾淨淨……跟女兒們
手牽手……我不知道，我還滿喜歡的。

　　　　　　　　傑西

妳會活得比我久的。

　　　　　　　　席琳

唔，再看吧。反正總有人會先走一步。

　　　　　　　　傑西

妳會想跟我一起去參加告別式嗎？

　　　　　　　　席琳

去德州？

　　　　　　　　傑西

對啊，總不可能在巴黎吧。

席琳

你有多希望我去？我是說我願意去，可是機票真的很
貴……

傑西

那就別去了，我一個人去比較簡單。

席琳（對著吠叫的狗說）

噢，哈囉。

傑西

嗨，小傢伙。

席琳

嗯，你知道，如果我沒跟著去，你要跟你表妹滾床單會
比較容易。

傑西（笑著說）

沒錯，有道理。

席琳

對啊。那在你家鄉不是常有的事嗎？我是說……你還沒
回答那個問題。

傑西

什麼問題？

席琳

你還能再忍受我 56 年嗎？

傑西

我很期待。

席琳

靠,你是認真的。

傑西(再次用西班牙腔)

和妳做愛的甘美就如同陳年美酒。

席琳

哇喔,我多毛的西班牙情人又回來了。

傑西

希臘人,我現在是希臘人好嗎?對,就是希臘人。

席琳

噢!看看這個!哇。這個地方讓我想起青春時代看過的
電影。一部50年代的黑白片。我記得有對男女漫步走
過龐貝遺址,看著那些躺了好幾世紀的屍體。我記得那
些屍體在睡夢中死去,還深情擁抱著對方。不知道為什
麼,有時候我腦海裡會浮現這個畫面,你知道,就是我
們兩個睡著了,然後你摟著我。

傑西

什麼?被滾燙的火山灰活埋嗎?那就是妳的想像?

席琳

對啊!(笑著)

傑西

那可不大妙啊。

席琳（笑著）

唔……我不知道，不可怕啊。他們有些還有小孩子睡在中間……

傑西

哦，這還不錯。

席琳

啊！我想那時候還年輕，有點病態——我是說，在那個年紀你會覺得死在愛人身邊這種事很浪漫。

傑西

那妳想和我一起死嗎？

席琳

也許吧，你知道，如果是我們在一起的頭一個晚上。話說回來，那都是陳年往事了。可是如果是現在，不了，我想活下去。

傑西

欸，我只是希望妳講點浪漫的，妳竟然不捧場！去你的！

席琳

噢，不！可惡，我搞砸了。好吧，等我們兩個活到98歲，到時你再問我一次，可是在那之前……不可能。（小聲說）抱歉。

兩人經過一間古老的小教堂。

傑西

嘿，這就是我跟妳說的那個小教堂，拜占庭時期蓋的，
大概有一千年了。

席琳

可以進去嗎？

傑西

可以啊，應該吧。試試看。有人在嗎？哈囉？

席琳

噢，哇！

兩人走進小教堂。

18 小教堂內，傍晚

傑西

這是聖奧迪莉雅的神龕，她是眼睛的守護神。人們從各
地遠道而來，留下獻給盲人的小貢品，祈求盲人恢復視
力。

席琳

一定有用。

傑西瀏覽牆上老舊褪色的壁畫。

傑西

應該吧。這些壁畫讓我想到日本僧侶，妳知道嗎，還有他們的無常思想。那些日本僧侶天熱時會用水在石頭上作畫，完成時畫就蒸發了。

席琳發現所有聖像的臉都被刻意破壞過。

席琳

所有的眼睛都被刮掉了。跟眼盲有關嗎？

傑西

不是。我本來也那麼想，但教堂看守人跟我說，是土耳其人占領這裡時幹的。

席琳

夠了！我以後再也不吃土耳其菜了。

傑西

好喔，整個國際社會一定怕死了。

席琳

喔，好吧。唔，我以後絕對不幫土耳其人吹屌。

傑西（笑著說）

這絕對會造成全球衝擊。

席琳

噢，太糟了。不，我都忘了你骨子裡是基督徒。在教堂裡開黃腔是不是很糟糕？

傑西只是聳聳肩。

> ### 傑西
> 是有一點。但我們幹過更過分的。

> ### 席琳 (停頓)
> 女兒們又在問我們婚禮的情形了。

> ### 傑西
> 是嗎？那妳怎麼回答？

> ### 席琳
> 我說很低調。

> ### 傑西
> 的確，是很低調，低調到我都記不得了。

> ### 席琳
> 很貴格派風格。我不知道她們為什麼這麼希望我們結婚。她們很看重這件事。

> ### 傑西
> 我們剛好在教堂。妳想結婚嗎？

> ### 席琳
> 不想。

> ### 傑西
> 不想啊。

席琳

都是因為她們很愛的那些童話故事,你知道吧?記得她
們小時候,每看完一齣卡通,就會說「噢,他們要結婚
了!」即使是小木偶跟他爸,或是唐老鴨和他姪子。

19 戶外散步之三,傍晚

兩人走過通往岸邊的小鎮。

席琳

所以如果我們還要在一起56年……

傑西

怎樣?

席琳

……你會希望我改變什麼?

傑西(得意地笑)

又是陷阱題,我才不要回答。

席琳

什麼意思?我什麼都不用改?我很完美?

傑西

好吧。

席琳

好吧。

傑西

其實……

席琳

說個地方吧。

傑西

……如果我可以妳改變什麼……

席琳

嗯─哼。

傑西

……我希望妳別再試著改變我了。

席琳

你真的很會操控人耶，你知道嗎？

傑西

怎樣，我早就看透妳了，知道妳的招數。

席琳

你覺得？

傑西

沒錯，我對妳瞭若指掌。到了，我們從這裡穿過去。

席琳

其實我不覺得。（笑）

傑西（笑著說）

是嗎？我對世界上其他人的了解都沒有我對妳的了解多，但這可能不代表什麼。

席琳

我是說，現在？

傑西

什麼？

席琳

這樣很棒。你知道嗎？

傑西

是嗎？對啊。

席琳

我覺得跟你很親。

傑西

是吧。

席琳

可是有時候，我不知道，我覺得你吸的是氦氣，我吸的是氧氣。

傑西（吸氦氣後的聲音）

為什麼這樣說，嘎？

席琳

看吧？我想追求心靈相通的時候——

傑西（吸氦氣後的聲音）

怎樣？哪有？我就是這個樣子啊。

席琳

——然後你就會搞笑！我就是在說這件事！

傑西

哎，別這樣。我覺得如果想徹底了解對方，可能得先更認識自己才行。

席琳

嗯。你記得我有個朋友嗎？叫喬治的，住紐約。

傑西

不記得。

席琳

噢，不，那是從前。是更早以前的事。

傑西

以前什麼？

席琳

他是我一個朋友，他發現自己得了血癌，可能會死，他對我坦承，他第一個想法是鬆一口氣。

傑西

鬆一口氣？為什麼？

席琳

呣，他在發現自己只剩九個月可以活之前，一直很擔心錢的問題。現在他的想法是，太棒了！接下來九個月的生活，我的存款綽綽有餘。我辦到了！

傑西（笑著說）

哦，好吧。

席琳

他終於能夠享受生活的一切，即使塞在車陣裡也高興。單是看著路人……盯著他們的臉龐，也覺得津津有味。都是些瑣事。

傑西

後來呢？

席琳

什麼意思？

傑西

呃，就是，他還活著嗎？

席琳

不，他死了。很久以前的事了。

傑西（沉默片刻）

昨天晚上我做了個夢，夢見自己在看一本書，一本失傳了的經典作品，叫《漫遊者》。

席琳

《漫遊者》？

傑西

對，就是四處走，妳知道，到處遛達。

席琳

OK。真的有那本書嗎？

傑西

不，沒有，沒有。

席琳

沒有？

傑西

但那本書寫得非常好。

席琳

OK。

傑西

故事新穎有趣，又別出心裁，很有力道⋯⋯

席琳

你在夢裡讀書，有意思。

傑西

我知道，而且永遠都是很棒的書。

席琳

我會做動作英雄那類的夢，像超級英雄一樣飛來飛去、
衝破牆壁。最後就高潮了。

傑西（笑了）

我會讓妳美夢成真的，寶貝。

兩人來到海邊，夕陽照在海上。

20 戶外咖啡館，傍晚

席琳和傑西坐在海邊，桌上擺著兩杯酒，兩人望著下沉的夕陽緩緩消
失。

席琳

還在，還在……還在。還在……不見了。

兩人默默坐著。傑西轉頭注視席琳，發現她神情感動。傑西牽起她的
手。夕陽這會兒西下了。

21 飯店大廳，晚上

傑西和席琳來到飯店，傑西在櫃台辦理入住手續。

飯店接待員

我需要您的信用卡。

傑西

喔，房間不是付過錢了？

飯店接待員

是的，但需要信用卡（轉講希臘文）。

席琳

其他消費。

傑西

原來如此。

另一名飯店接待員從辦公室走出來，手裡拿著兩本傑西的書。

蘇菲亞

華勒斯先生嗎？

傑西

我是。

蘇菲亞

我是這兩本書的書迷。我先生在我們頭一次約會的時

候，送了你的書給我。你第二本書出版的時候，我們還一起大聲朗讀呢。

傑西

喔，哇。

蘇菲亞

可以麻煩你簽書，署名給我們嗎？

傑西

當然，沒問題。

蘇菲亞

謝謝你。

傑西

我喜歡希臘版的封面插圖，很不錯。呃，怎麼稱呼你們？

蘇菲亞

給蘇菲亞和帕夫洛斯。

傑西

沒問題。希臘版書名叫什麼？

傑西在書上簽名，飯店接待員目光轉到席琳身上。

蘇菲亞

唔，希臘版的書名叫做《Afti ti Fora, Ekini ti Fora》。

傑西

《Ekini ti Fora》[20]。

蘇菲亞

不過我不確定譯得好不好。

傑西

也是，畢竟妳沒讀過英文版對吧？

蘇菲亞

沒錯……太好了。也可以麻煩妳簽嗎？

席琳

我嗎？

蘇菲亞

對。妳是瑪德琳本尊，對吧？

席琳

瑪德琳？不算是。大家都猜是我，可是 —— 根本不是
我。他想像力很豐富。

蘇菲亞

拜託嘛，對我先生意義重大。

傑西簽第二本書，第一本書推到席琳面前。

---

20 Εκεινη δι φορα（ekini di fora），希臘語「彼時」之意。

席琳

書不是我寫的，我不能簽。這樣說不過——

傑西將兩本書都推到席琳面前。

傑西

她很樂意。

蘇菲亞

OK。謝謝妳。

席琳

我很樂意。

席琳開始簽名。

傑西（說希臘文）

埃法里斯托[21]。

席琳

OK，謝謝。

蘇菲亞

太好了。非常感謝。

---

21 Efharisto。希臘語「謝謝」之意。

22 飯店房間，晚上

席琳和傑西進到房間。

傑西

妳瞧瞧。

席琳

哇，這裡真不錯！

傑西

對啊。

席琳

乾乾淨淨……有空調……我喜歡！噢我的天。

傑西

真好。

席琳

哇，哇喔，那個浴缸。

傑西走到桌邊，看桌上擺了什麼。

傑西

嘿，妳過來看。史提芬諾和亞莉艾妮送了我們一瓶酒，
還有情侶按摩。

席琳

他們人真好，我們離開前要送個禮物給他們。

傑西

沒錯，還要替他們的小孩買禮物。

席琳

對啊，我知道。一定要的。哇。我真想女兒們。

傑西愛撫席琳。

傑西

我可不想。

傑西親吻席琳，席琳拉開窗簾看了看窗外。

席琳

好美的景色。看。

傑西

我現在只對一個風景感興趣……

席琳

什麼？

傑西

……就是……這裡。這裡，讓我瞧瞧。

傑西緩緩解開席琳的上衣，露出她依然豐美的乳房。兩人熱吻。

傑西（接著說）

（低聲）

怎麼了？

席琳

（摸著他的下巴）

真好玩。我今天才注意到……你鬍子裡的紅色都不見
了。那是我當初愛上你的原因之一，真瘋狂。

傑西

呃，紅鬍子沒有消失，只是變白了。妳該不會在告訴
我，妳的愛完全是看顏色的吧？嗯？

席琳

不，可是你知道，我可以在女兒們的睫毛上看到那樣的
紅。我看著她們，就會想起我們最初的邂逅。

傑西

妳知道我現在期待什麼嗎？

席琳

喔？是什麼？

傑西

等之後……

席琳

之後什麼？

傑西

沒錯。（笑著）

席琳

什麼嘛？

傑西

就是明天醒來身邊只有妳一個。

席琳

你是說，沒有妮娜和艾拉在我們的頭上蹦蹦跳跳。

傑西

沒錯，我已經好多年沒聽妳思考了。

席琳

思考？

傑西

之前我醒來會聽到妳眼睛睜開又閉上，還有腦袋飛快運轉的聲音。我很想念，想念聽到妳思考。

席琳

你說可以聽到我思考，我還真以為你聽得見，可是明明只是我眼皮的聲音。我真是又傻又浪漫啊。

傑西

那是我最喜歡的聲音。

席琳

我也想念思考。早上不再思考，早上不再做愛。

傑西

明天怎麼樣……

席琳

我也好期待，我想我睡不著了。

傑西

我現在就想要。

席琳

OK，那就別再說話了，這樣我們才能好好做愛。

兩人熱吻，席琳的手機響了。

席琳（接著說）
（笑）

噢，該死，誰啊？

傑西

我們的女兒。

席琳翻身下床，走到她的手提包前。

席琳

我說過只有緊急事件才能打來，希望女兒們都好好的。
OK。噢，是漢克。還好。

席琳接起手機。

席琳（接著說）

嗨，親愛的 —— 還好嗎？在倫敦嗎？噢！噢，已經要
飛了啊？（聽）噢，不，我們找到了。嗯，明天早上就

去寄。(聽)對啊。噢,她們也想念你。我會替你親親她們。OK,我會告訴他。和你媽媽相處愉快喔——我也愛你。掰。

席琳掛上手機。傑西伸手向席琳要手機,但席琳再次沒理他。

席琳(接著說)
他很好,他說在芝加哥降落以後再打給你。

傑西
妳為什麼不讓我跟他說話?妳已經第二次這樣了。妳明明可以把手機給我的。妳知道我很想跟他講話。

席琳
唔,他沒時間多說——他說他們在登機。

傑西
他忘了帶什麼?哪個東西?

傑西瞪著席琳。

席琳
他的科學作業。可是我們明天就會去寄。放心。

傑西
妳不應該那樣說他媽。

席琳
什麼?我剛說了什麼?

傑西

「和你媽媽相處愉快喔」（笑）拜託——

席琳

我沒有別的意思。

傑西

我知道，但那樣說不好，只會讓他想起這整件事。真希望妳剛才沒那樣做⋯⋯

席琳

噢，你想他忘得了嗎？

傑西

不是⋯⋯

席琳

把事情隱藏起來，當作沒發生，真的很美式作風。

傑西

只是妳為何要提醒他呢？妳懂嗎？要是他現在不想去想這件事呢？他壓力已經夠大了。

席琳

那又沒什麼。

傑西

那有什麼，真的。

席琳

好了，我幾天前甚至開了個玩笑，說我跟他媽應該來一場泥漿摔角大賽，好好做個了斷。

傑西

泥漿摔角？妳真的那樣說了？

席琳

他笑了。搞不好他比你還有幽默感。別這樣。

傑西

我們不是才討論過？妳說他媽媽壞話，他就會覺得是在批評他。

席琳

唔，我沒說他媽媽的壞話。我開了個玩笑，不只他媽媽，我也開自己的玩笑。

傑西

沒錯，我知道，我知道。只是根本沒必要提啊，妳懂嗎？

傑西下床走到席琳的手提包前，拿出手機關掉電源。

席琳

我想他現在年紀夠大了。我是說，他知道他媽媽跟我的關係有多差。

傑西

他媽媽和我。

席琳

我什麼都沒做,她都是針對我而來。好,她討厭我;沒錯,我在很久以前搞上她老公。或者應該說,他搞上我?

傑西

對啦對啦。

席琳

我跟他媽就是處不來,拿這件事開個玩笑,根本不是問題所在。不會讓他留下創傷的。木已成舟,好嗎,現在你卻想把自己的罪惡感轉嫁給我,說是我的錯?

傑西

不,我沒有。

席琳

你知道嗎?相反的,如果這件事他開得起玩笑,也許反倒能夠平心以對。我就是這麼想的。

傑西

好吧,妳說的對,妳說的永遠都對。我們別說這個了,好嗎?

席琳

如果他媽是個酒鬼,喜歡在心理上折磨別人,不是誰的錯。

傑西

別這樣說!

席琳

我是說，想到他必須跟她一起生活，我就難受，可是我想，法官就是假設女人都有母性本能。她有美狄亞[22]的母性本能！

傑西走進浴室洗臉。

傑西

美狄亞是吧？

席琳

對啊，是希臘神話，很應景。

傑西

它其實是歐里庇得斯寫的一齣劇，不過——

席琳

女人為了懲罰自己的前夫，殺了自己的孩子？基本上那就是她在做的事，為了找你麻煩而傷害他。

傑西

不對，她是利用他來讓我生不如死，那才是她的目的。妳知道嗎？妳有時把話說得太過頭了。

席琳

好吧，別再把你跟老婆之間出的差錯怪到我頭上了，可以嗎？

---

22 Medea，希臘神話人物，也是古希臘詩人歐里庇得斯的著名悲劇《美狄亞》主人公，因報復移情別戀的愛人伊阿宋而殺了兩個兒子。

傑西

前妻！老早就是前妻了好嗎？

席琳

好了，你當初應該處理得好一點。她就不會這麼恨我們
兩個。

傑西

好吧，是我搞砸了。但我實在很佩服妳改編事情的本
領，不管我們生活有什麼不如意，都能被妳說成我的
錯……

席琳

現在你又要拿漢克的事來扣我帽子？

傑西

扣什麼帽子？妳在講什麼？

傑西脫下褲子走回床邊。席琳立刻起身穿起上衣。

席琳

我來跟你說，我在講什麼——搬到芝加哥和放棄我的生
活。現在你提到漢克需要你，你覺得我會有什麼感覺？
覺得很不堪！好嗎？這樣我要怎麼接那份工作？你說
啊！

傑西

好了。

席琳

說啊。我會覺得很有罪惡感！不－不－不－不－不！

傑西

聽著，聽著，這是妳自己選的，是妳自己要那樣想的，好嗎？

席琳

想當個養「于」者是女人的天性。

傑西

什麼者？

席琳

養－「于」－者。

傑西

養育者？

席琳

好，我連那個他媽的字眼都念不好。我就是很自然地會對一切覺得過意不去。然後你還對我擺那個臉，好像是我的錯。

傑西

什麼臉？

席琳

就那個臉啊，那個「我忘了把科學作業收進行李裡的臉」，我知道你怪我。

傑西

我什麼都沒說啊。

席琳

對，你什麼都沒說。你不必開口。對啦，對啦，永遠都是我的錯。

傑西

最好是。

席琳走到客廳，坐在沙發上打開手機的電源。

席琳

我在上班的地方看到冰箱上有那個——你知道，就是用來拼句子的磁鐵字？有人拼了個句子：「女人在遼闊的犧牲花園探索永恆。」

傑西（笑著說）

哇，這應該是上帝寫的吧？

席琳

對。那句話說得該死的對極了。都已經過了一萬年了。夠久了！OK，我不想當那種女人。就像婚姻對同志很重要，或是避孕對女權很重要——要我放棄希望，就像幾百萬個女性當初不得不放棄自己的希望？想都別想。這件事牽扯到的不只是我個人，意義大過於我個人。

傑西大聲鼓掌。

傑西

哇喔，太精采了！諾貝爾委員會都聽到了。我實在——等等，我現在就打電話到瑞典好嗎？老實說，面對這麼多女性壓迫，妳肯定一刻也不得閒吧？

席琳

沒錯。

傑西

妳在巴黎中產階級家庭長大肯定吃了一堆苦！在後女性主義時代的索邦大學壕溝裡煎熬[23]，真是不可思議。

席琳

你真是混蛋。寶貝，這樣吧，我們什麼時候要搬去芝加哥？我想確定我們能找到一棟好房子，這樣我就能縫製窗簾，挑選配色的床罩。

傑西

所以妳打算今晚就這樣吵下去嗎？我是說，這就是妳今晚的計畫？

席琳

哼，是你起的頭。

傑西

才怪，妳才是嘴巴停不下來。不過既然妳想談這個，我是說好好談，那就心平氣和、理性地談。妳覺得我們辦

---

23 1968年5月，法國女權團體占領巴黎索邦大學，針對婦女避孕權和墮胎權、反對暴力和性別歧視、爭取經濟和司法等領域性別平等的種種議題展開熱列討論。

得到嗎？有可能嗎？

席琳

又來了。不帶情緒、理性。你永遠都扮演那個唯一理性的角色，然後我是不理性、歇斯底里、荷爾蒙失調的那個，就因為我有情緒。對啦，你一副袖手旁觀的樣子，從你了不起的視角來放話，表示你說的一切都很冷靜、很真實。

傑西

我沒有老是袖手旁觀。

席琳

這個世界就是被那些不帶情緒、理性，握有決定權的男人搞爛的，好嗎？無緣無故發動戰爭的政客、決定破壞環境的企業首腦、錢尼[24]啦、倫斯斐[25]啦——最好都是些很理性的男人啦。

傑西

錢尼和倫斯斐？好吧。

席琳

還有那個終極解決方案[26]？背後的思考最好是非常理性啦。

---

24 Richard Bruce "Dick" Cheney（1941-），小布希任內的美國副總統（2001-2009）。錢尼被公認是美國歷史上最有實權的副總統。
25 Donald Henry Rumsfeld（1932 － ），曾兩度出任美國國防部長。他一直被外界認為是小布希內閣中的著名鷹派代表人物之一。
26 The final solution，首字母大寫的話，指的是二次世界大戰納粹對猶太人進行種族滅絕的政策。

傑西（冷笑）

喔，好啊，所以現在我們要來決定嗎？我們 vs 最終解決方案？很好！要來就來吧，要嗎？那我問妳，妳覺得我們更常陪在漢克身邊，對他生活是好是壞？

席琳

又來了……

傑西下床穿回褲子，走到沙發前在席琳身旁坐下。

傑西

不，既然妳不肯放棄，那我們就來談，好嗎？我就問妳一句，我們更常陪在漢克身邊，對他是不是更好？

席琳

是！我想他跟我們住會更好。

傑西

很好。

席琳

……而且我認為他媽媽是個糟糕的酒鬼、可恨的賤貨，利用我們在巴黎，我準備生產、差點死掉的時候，利用法律手段，把漢克從紐約帶走。去她的。

傑西

很好，我同意。很不幸，我們無法讓他離開美國，但我們可以去他那裡，假如我們想的話。我知道這是個重大的決定，但妳覺得呢？我是說，妳在美國絕對沒辦法住

得開心嗎？整件事就是完全不可能嗎？妳在那裡找不到
類似的工作嗎？

席琳

類似的工作？你在開玩笑嗎？

傑西

我沒有。

席琳

為什麼總要我讓步？

傑西

喔，天哪，別這麼誇張好嗎？

席琳

哼，對我來說，搬到芝加哥就是他媽的太誇張。

傑西

我沒說我們要搬，只是跟妳討論。妳就不能像個朋友一
樣，淡定個兩秒鐘，跟我好好談談嗎？

席琳

好，就兩秒鐘。

傑西

很好。妳還記得妳有一回遲了35分鐘才趕到學校接兩
個女兒嗎？妳當時非常緊張，因為妳知道她們在操場上
一定很擔心，不曉得妳出什麼事了。好，這就是我的感

覺，妳知道嗎？覺得自己搞砸了，把漢克扔在那裡，而
我只想快點到他身邊。

席琳

你送他搭飛機以後都會這樣。你很難過，然後就會找碴
吵架。他沒事。他是很棒的孩子。可以嗎？可是事實
是，他不像以前那麼需要你了。你錯過了童年每一天陪
在他身邊的機會，就是錯過了。你可以傷心難過，可是
他正在長大。你在其他方面都是很棒的父親。你離婚
了，離婚的人滿坑滿谷。這樣做理想嗎？是不理想。聽
著，再過一個月，如果你還是希望我辭掉工作，放棄我
這些年來努力追求的一切，盡管開口就是了。可是現在
我的感覺就跟向來一樣。如果你那個有病的前妻願意讓
我們共同監護孩子，我可以搬回美國。可是隔週週末見
一次面根本是個屁，傑西，加起來還不到一個學期的 30
天，我想不值得為了那麼短的時間，翻轉我們整個生
活。

傑西

我知道，妳說的對。

席琳

是啊，是吧？看吧？我才是理性的那一個。

傑西

唉，這到底是什麼鳥情況？我是說，漢克什麼都沒做，
受傷最重的卻是他。

席琳

我們都被爸媽的人生拖累。如果不是我，你的婚姻遲早
也會因為別的事情劃上句點，你明明知道。

傑西

當然。

席琳

或者更糟的是，他可能會被兩對悽慘的父母養大。

傑西

我知道，我真的搞砸了。

席琳

你的意思是，你搬到巴黎跟我在一起，所以搞砸了？

傑西

不是，我不是那個意思。

席琳

我就知道這代價會太大。

傑西

我根本不是那個意思！

席琳

當初就叫你別這麼做。

傑西

別再說了。

席琳

我當初放棄了一切，搬到紐約跟你住了兩年，可是我必須回家生雙胞胎，因為狀況很複雜，我需要我媽陪在身邊。你那時候也這麼希望啊！

傑西

是那樣沒錯，好嗎？

席琳

好。我才對你要求這麼一件事，就一件而已。現在你卻要怪我一輩子。

傑西

別說了行不行？別說了。妳不想搬回美國，我們就不搬，就這樣，好嗎？我只是在想，有沒有辦法讓我更常陪在他身邊，而且可以的話，我希望是我們一家人陪他。

席琳

「一家人」？不然怎樣？

傑西

妳這話是什麼意思？

席琳

你說的每句話，我都覺得有種話中帶刺的威脅——不怎樣怎樣的話，我就會恨妳下半輩子。

兩人沉默。

席琳（接著說）

不是嗎？我說的對吧？你知道怎樣？我有種感覺……我想，問題在於，你不希望我做比較有價值的工作。在某個層面上你覺得如果我有任何成就，就會威脅到你，會減損你在我們關係中的地位。

傑西

我在我們關係中的地位？我每學期在美國學校教他媽的兩門課，好嗎？哇，我還真有地位啊。

席琳

我碰到一個真正很棒的工作機會，結果你也有那種感覺，我想那不是巧合。

傑西

妳剛才講的這些全是鬼扯蛋，妳心知肚明。

席琳

我有個問題要問你。如果我們沒有女兒什麼什麼的，我們還會在一起嗎？

傑西

什麼？天哪，妳真的是不可理喻，妳知道嗎？真的是。

席琳

你知道我怎麼想嗎？我想，你必須搬到芝加哥。我想，漢克需要你，我想我必須留在巴黎陪女兒們，並且接下這份工作。

傑西

妳為什麼要這樣？真是太荒謬了，要我放下妳和兩個女兒？不可能。妳為什麼要把事情搞得這麼複雜？

席琳

傑西，你跟我在一起不快樂。你怪我把你從你兒子身邊帶走。

傑西

這完全是無稽之談。我只是在釐清自己的思路。

席琳

聽著，傑西。我們在這邊過了一個半月，是很棒沒錯。你每天都能寫作，天氣一直很好。可是我本來並不想來希臘。

傑西

我知道。

席琳

是吧？隨時都可能發生革命……

傑西

千萬別。

席琳

大家吃很多羊乳酪和橄欖油，表面上很開心，可是實際上都在說自己有多「火大」……我覺得很困惑，我不知道接下來幾個星期會發生什麼事。

傑西

哇哇哇，讓我告訴妳接下來會怎樣。就跟之前一樣，什麼事都沒有。

席琳

好。你知道怎樣？我完全沒有自己的時間，我有一大堆電子郵件要回，全都還沒回……

傑西

妳以為我很閒嗎？

席琳

我整天忙個不停，做晚餐，擦掉你和你兒子滴在馬桶座上的尿，你都在跟你那些小說家同行閒聊，吧啦、吧啦、吧啦，你是天才，吧啦、吧啦、吧啦，不，你才是天才。我們一跟漢克說再見，只因為你過意不去，你就提議也許我應該放棄自己夢寐以求的工作。

傑西

嘿，慢點，它怎麼又變成妳夢寐以求的工作了？今天下午妳連要不要接受都還不確定，現在卻變成夢寐以求了。妳真的有弄清楚自己的心聲嗎？

席琳

對，那就是我夢寐以求的工作！就算我有疑慮，也不代表我不想要。

傑西

好吧。

席琳

可以嗎？但是你哪會在乎啊？你每天到橄欖樹下散步，
「沉思」兩小時。蘇格拉底……你應該穿個長袍。

傑西

是一個小時。

席琳

不，從你離開到你真正回到我們身邊，加起來兩個小
時。你知道嗎？我永遠沒辦法那樣。你很會照顧你自
己。我要顧自己，**還要**打點其他一切。我們不管到哪
裡，你都只顧著打包自己的行李，我卻要打理**每件事**。

傑西

妳從來都不讓我收拾女兒的行李！一次也不肯！

席琳

因為你會忘了帶鞋子，還會有一堆髒內衣褲。

傑西

對對對，隨便妳說。

席琳

很高興你有時間思索宇宙、面對存在的問題，因為我沒
有——我幾乎連思考的時間都沒有。我忙工作、顧小
孩，忙工作、顧小孩。

傑西走進浴室小便。

傑西

妳可以暫停一下嗎？我在裡面可能有點吵……

席琳

你知道嗎？我現在只有在辦公室拉屎的時候，才有時間思考。我開始把思考跟屎味連結起來了。

傑西

哈，說得好，我要把妳這句話用在書裡。

席琳

你一定會——而且那會是整本書最棒的一句。

席琳走到浴室門口，直接對著正在小便的傑西說話。

席琳（接著說）

對了，你永遠不可以再把我、我說的話、我做的事，寫進你他媽的書裡！女兒的也一樣。

傑西走出浴室。

傑西

既然如此，那麼第一，妳當初就不該跟作家上床；第二，我上一本書和現在這本書都沒提到妳；第三，我他媽愛寫什麼就寫什麼。

席琳

一如既往，**我們的人生都是繞著你打轉**。

傑西

不不不，別跟我玩黃臉婆那一套，好嗎？ 50年代已經過去了。我很抱歉毀了妳那套壓迫女性的偉大高論，但每天在家裡處理一堆鳥事的人其實是我，因為妳六點半才下班。

席琳

六點。

傑西

妳送女兒去學校，我接她們放學。這很公平，這是我們講好的。我們可是住在法國巴黎好不好！

席琳

對啦，你每天都在提醒我。

傑西

我才是什麼事都繞著妳轉，妳自己也很清楚。如果妳覺得這趟來沒放到假，那我很遺憾，因為這確實是放假，我只看到妳每天在海裡玩，還有不停吃希臘沙拉。但就算妳覺得沒放到假，也不代表妳這輩子都在做家事。

席琳

你知道我欣賞男人的一點是什麼嗎？就是他們還相信有魔法。身邊有小精靈會幫忙撿他們的襪子，有小精靈會幫忙把洗碗機裡的碗盤歸位，有小精靈會替小孩抹防曬乳液。還有小精靈會做你吃得狼吞虎嚥的他媽的希臘沙拉。

傑西

好了，妳聽我說，好嗎？妳把我們照顧得很好，的確是。我是說，妳照顧兩個女兒，照顧朋友，照顧全世界，這我知道。妳在還沒當媽之前就是這樣了，現在更是愛心氾濫。但我已經跟妳講了很多年，一直想讓妳明白，妳得多照顧一下自己好嗎？真的。

席琳

好了，別把我當傻瓜了，可以嗎？我才是那個每天晚上六點就在家的人，不是六點半。我很可靠。你這輩子有沒有幫忙預約過保母？沒有。她們的小兒科醫師叫什麼名字？

傑西

別再考我了，好嗎？真是無聊透了。

席琳

好啊，OK。你知道怎樣？我每天晚上都待在家，我煮晚飯、替她們洗澡、念床邊故事。有時候你在，有時候你去大學參加活動，或是新書巡迴宣傳，好嗎？你「靈思泉湧」就自顧自埋頭寫作。我有時候也有靈感啊，你知道嗎？

傑西

妳想寫東西？好啊，妳就寫啊。

席琳

不，可是你記得我以前會唱歌、彈吉他跟寫歌吧？我還是想做那些事。可是我沒辦法——就是沒時間。

傑西

好。首先，我寫作不是休閒嗜好。再來，我也希望妳有
時間寫歌。我都不知道妳怎麼有辦法每天抱怨八小時。
我是說，我喜歡妳唱歌的樣子，好嗎？我毀掉過去的人
生，就是因為妳唱歌的樣子，知道嗎？妳要是把那些抱
怨、哀嘆和擔心的精力挪個八分之一出來放到音樂上，
我敢說妳他媽就是強哥・海因哈特[27]第二了。

席琳走出房間……

傑西（接著說）

好吧，好吧。嘿，妳忘記穿鞋了。

（嘆氣）

天哪，真是的。

席琳很快又走回來。

席琳

你覺得你贏了嗎？！

（幾乎快發飆）

很少人明白，對一個活躍或熱情的女人來說，有孩子
會是什麼狀況。有幾個朋友跟我說：「等著看吧，妳會
想把孩子從窗戶丟出去。」好，可是事實是我從沒想過
要傷害她們，不過我考慮過要結束自己的一切，想過幾
百次。我好困惑，你總是不在，為了愚蠢的新書巡迴宣
傳，或是為了漢克監護權鳥事出門去了。我不想成為你

---

27 Django Reinhardt（1910-1953），比利時出生的羅姆-法國爵士吉他手和作曲家，歐
洲爵士樂先驅。

的負擔。現在我終於明白普拉絲[28]為什麼要把頭放進烤
吐司機。

傑西

是烤箱。

席琳（失控）

別耍嘴皮子。你明明知道我的意思 —— 烤麵包機、烤
箱，是一樣的東西。你知道有多少次我獨自看著女兒哇
哇哭不停，卻不知道該怎麼辦嗎？你懂一個母親束手無
策會有的罪惡感嗎？

傑西

妳以為只有妳有這種感覺嗎？

席琳

我想你不懂，OK？

（停頓）

你知道我認識每個男人的時候，暗地都會害怕什麼嗎？
就是他們會想把我變成乖巧順從的家庭主婦。

傑西

嘿，沒有人可以逼妳好嗎？我發誓，要妳順從比把妳的
腦袋塞進烤麵包機還要困難。

---

28 Sylvia Plath（1932-1963），美國詩人，生於波士頓，1963年於倫敦住處自殺身亡。
她以半自傳性質的長篇小說《瓶中美人》、詩集《精靈》及《巨神像》享譽文學界，1982
年榮獲普立茲獎。

兩人對話稍微冷靜下來。

席琳

我想從我生完孩子，心情就一直沒恢復。她們出生的時候，我不知道該怎麼辦。大家都期待女性直覺會自然啟動，就像雌狒狒那樣。可是我當時什麼都不會。我好愛她們，可是什麼事都做不對。你又那麼常不在家。你打電話給我，問我那天過得如何，我根本不能跟你說實話，因為我覺得自己毫無頭緒是很丟臉的事。

傑西

聽著，我覺得妳做得很棒。

席琳

沒有，才沒有。

傑西

不對，妳做得很好，不然就是妳裝得很像。

席琳

記得那時候唯一可以哄她們睡的方法，就是半夜拖著那台蠢雙人嬰兒車下樓，連續散步好幾個鐘頭，一路走到皮加勒[29]再回來。我有一次差點被搶……我是說，那個傢伙沒攻擊我的唯一理由，是因為我看起來好可悲。女人過了35歲，唯一的好處就是被強暴的機率比較低。我讀過講這個的文章——是真的。

---

29 Pigalle 位於巴黎第9區和巴黎18區，環繞皮加勒廣場。是體驗夜巴黎的知名景點，有紅磨坊和裸體秀等。

傑西笑了。兩人交談的氣氛變了。

傑西

喔，天哪。

（他牽起席琳的手）

我記得有一回看我們兩個女兒在玩跳床，她們看上去好
美。我很開心，因為她們很開心，妳知道。其中一個拿
呼拉圈當跳繩，可是另一個也想要呼拉圈，於是兩個
就開始搶。我忽然間就明白了，這些瑣碎的嫉妒與自
私……我記得自己當時心想，這就是人的自然狀態，永
遠有點不滿，永遠不滿足，妳懂嗎？我是說，妳看看我
們兩個，明明在伊甸園裡，卻吵個不停。

席琳

我想並沒有所謂人的自然狀態。人的狀態是多重的。如
果你看著女兒們玩，看到的卻是那個，那就表示你很憂
鬱。

傑西

好吧，也許是。

席琳又慢慢積極振作起來。

席琳

看她們吵架的時候，我看到的是人生往前進的美好能
量，不讓別人踩在自己身上，也不讓別人搶走她們想要
的。我喜歡她們吵架──我會覺得她們很有希望。

傑西

那是因為妳認為憤怒是一種正面情緒,妳知道嗎,結果卻只會傷害自己、妳的工作、孩子和我。

席琳

難道你都不會生氣嗎?

傑西

我生氣的時候,不會把憤怒看成是正面的事。

席琳

你知道嗎?照你書裡寫的,大家碰到我,心裡都會暗想我做愛的對象是激情無比、亨利·米勒[30]型的人……哈!才怪!你每次上床都喜歡照著同一套走。

傑西

有一套總比沒有好。

席琳

親親、親親。咪咪、咪咪。打炮。(發出鼾聲)

傑西

我是個樂趣單純的男人。

席琳

對啦,非常單純。我最近一直想跟你說,你才不是什麼亨利·米勒,完全談不上。你知道嗎,這個房間讓我心

---

30 Henry Miller(1891-1980),美國作家,開創新類型的半自傳體小說,最具代表性的作品包括《北回歸線》、《黑色的春天》、《南回歸線》以及《殉色三部曲》等。

裡發毛，我本來以為是什麼古色古香的地方，像是真正的希臘。

傑西

這個房間很真實啊。

席琳

我們到底在這裡幹嘛？這也太刻意了，好像我們就應該過這個精采的晚上。沒有即興發揮的空間，那種即興早就從我們的生活消失了。這樣很蠢，而且也沒用……

傑西

好好好，顯然是。

席琳

對，嗯……我詛咒安排這些的亞莉艾妮和那個變態史提芬諾。情侶按摩——什麼鬼東西啊？聽起來就很低級。

傑西

我們又不是非做不可，好嗎？拜託，這個地方沒那麼糟。我喜歡飯店房間……我覺得飯店房間很性感。

席琳

對，我知道你這麼覺得，新書巡迴先生，希爾頓大飯店先生。我知道你到華盛頓新書發表會那一次，那天晚上你的手機據說是壞掉了——還真是時候。拿我們的孩子發誓，你沒跟書店那個女生亂搞。艾蜜莉。對我發誓，你沒跟那個艾蜜莉小妞打炮。我不是嫉妒，因為我不是善妒的人，可是就是想知道，像個男人，勇敢承認真相吧。

傑西

我把我的人生都給妳了，好嗎？已經沒別的可給了，也沒有給別人。妳如果想否定我，我是不會允許的。我愛妳，我對這點沒有絲毫糾結，好嗎？但妳如果希望我像列清單那樣，列出妳所有讓我不爽的地方，那沒問題。

席琳

嗯——我想聽。

傑西

好！呃，那我們就從頭開始，可以嗎？首先，妳根本就是個瘋子，絕對是。妳最好找得到其他人可以忍受妳超過六個月。但我呢，我照單全收，瘋子的妳和聰明的妳都接受。我知道妳不會改變，我也不希望妳改變。這就叫接受妳本來的樣子。

席琳

對啦，好，問你一個問題。我扛著雙人嬰兒車下樓，差點在皮加勒被肛交強暴的時候，你是不是正在搞那個小艾蜜莉·勃朗特？

傑西

等等，我不認識什麼艾蜜莉……哪來的艾蜜莉？妳到底在講什麼？

席琳

就是那個寫那些文情並茂的電子郵件，講杜思妥耶夫斯基的？「噢傑西，你說的好對。『宗教大法官』[31]是俄羅斯文學裡最有深度的段落。」

傑西

如果妳問我對妳、對兩個女兒、對我們一起建立的生活
是不是全心全意，我的回答是「當然是」。

席琳

所以你**真的**上了她！多謝了。

傑西

妳前男友母親過世後，妳去看他，我有問妳什麼嗎？沒
有。妳想知道原因嗎？因為我知道妳那個法國翹臀能幹
出什麼好事，而且我敢說妳至少含了那傢伙的老二，但
我也知道妳愛我，好嗎？我接受妳是個複雜的個體，我
不希望人生過得那麼無趣，兩個人只屬於對方，鎖在別
人建構的框架裡，因為那全是只會讓人窒息的狗屁！

席琳嚇到了，她離開了房間。
傑西獨自坐在房裡等席琳回來。
席琳走進房間，把房卡放在櫃子上。

席琳

你知道這到底是怎麼回事嗎？很簡單——我想我不愛你
了。

席琳離開房間。傑西坐在桌前，目光從冷掉的茶，到房門口，再到兩杯
倒了酒的酒杯和凌亂的空床。席琳沒有回來。

---

31 劇本寫為 The Great Commander，但一般多譯為「The Grand Inquisitor」，是俄
羅斯作家杜斯妥也夫斯基創作的最後一部長篇小說《卡拉馬助夫兄弟們》裡的知名段落。

23 戶外咖啡館／酒吧，晚上

傑西發現席琳就坐在離他們傍晚看夕陽的那張桌子不遠的另一張桌前。

傑西

小姐？

席琳

我現在不想說話。

傑西

妳一個人嗎？還是在等人？

席琳

對，我自己一個人，也樂在其中。我是個忿忿不平的人，我傷害了我的孩子、我的工作，還有我愛的每個人。

傑西

哇，真好，正是我的菜。

傑西在她對面坐下。

席琳

好了，我沒那個心情——我來這裡是要獨處的。

傑西

聽著，我從那邊咖啡館過來就注意到妳了。我無意冒犯，但妳是目前這裡最漂亮的女人。

席琳

多謝。

傑西

我想請妳喝一杯，隨便聊聊，多認識妳一點……妳知道
的。妳是來出差嗎？

席琳沒有反應。

傑西(接著說)

好吧……妳有男友嗎？

席琳

分了。

傑西

天哪，真遺憾。妳想談談嗎？

席琳

我不跟陌生人聊天。

傑西

但說到這個，我不是陌生人啊。我們之前見過……1994
年夏天。

席琳

你認錯人了。

傑西

沒有，我們還墜入情網了呢。

席琳

真的嗎？我隱約記得有個人溫柔又浪漫，讓我不再覺得孤單。某個尊重我本質的人。

傑西

就是我，我就是那個人。

席琳

我想不是。

傑西

是嗎？今晚有些事妳不知道，但我知道。

席琳

真的嗎？是什麼？

傑西

重要的事。妳瞧，我會知道是因為我已經經歷過今晚了。

席琳

怎麼會？

傑西

我是時光旅行者。

席琳

好吧。

傑西

我房裡有台時光機。我是來拯救妳的，因為我承諾過。

席琳

把我從哪裡救出來？

傑西

把妳從生活裡那些狗屁倒灶的小事救出來，免得妳給蒙蔽了。

席琳

才不是狗屁倒灶。

傑西

我跟妳保證，妳隱約記得的那個暖男，妳在火車上偶遇的那個浪漫小子，那人就是我。

席琳

那是你？

傑西

沒錯。

席琳

我想我沒認出你來……你看起來好狼狽。

傑西

怎麼說呢？在時空裡旅行很辛苦。但妳正好相反，比我記得的更漂亮了。

席琳

鬼扯！傑西，這不是遊戲。你裝可愛，想辦法脫掉我的小褲褲，轉眼間我就在芝加哥買花生醬了。管你用什麼甜言蜜語來搭訕，也沒辦法讓事情好轉。

傑西

我不是在搭訕──不不不，妳誤會我了。我只是個送信的，從未來長途跋涉。我遇到82歲的妳，她給了我一封信，要我讀給妳聽。所以我就來了。

席琳

我竟然活到80幾？

傑西

噢，是啊。

席琳

我的法國翹臀狀況如何？

傑西

很棒，非常棒。

席琳

我不在乎自己的樣子。

傑西

這麼說吧，妳有更多東西可愛了。好了，妳要我讀給妳聽嗎？

席琳

我有得選嗎？

傑西

當然。除非，除非妳對自己想說的話不感興趣……

席琳

有、有、有，讀吧。

傑西

好，那我就開始了。親愛的席琳，我在樹林的另一頭給妳寫信。這封信是點著蠟燭……

席琳

好了，別念了。我才不會寫這種東西──太花俏了。「樹林的另一頭」，他媽的什麼樹林？你在說什麼鬼？

傑西

請問我可以繼續嗎？

席琳

好吧。

傑西

我派這位年輕人到妳身邊。沒錯，年輕人。他是妳的護花使者。天曉得他毛病一堆，一直努力親近和陪伴自己最愛的人，卻做得很辛苦。他為此感到萬分難過──但妳是他唯一的希望。席琳，我給妳的建議是，妳正在踏入人生最美好的一段時光，從我這個年紀回頭看，這段中年歲月只比妳12歲時跟馬修和凡妮莎整夜伴著比吉斯

樂團的〈你的愛有多深〉跳舞還要困難一點點。席琳，妳不會有事的。妳的兩個女兒長大都會成為女性主義的榜樣與典範。

席琳

算你厲害。

傑西

是啊。嘿，妳知道嗎，我現在才發現信末有一段附筆，感覺蠻重要的。我可以直接跳過無聊的部分，只讀附筆嗎？

席琳

嗯，跳過吧。拜託，跳過去。

傑西

好吧，妳確定？

席琳

嗯。

傑西

好的，沒問題。

席琳

無聊的部分。

傑西將椅子挪到席琳身旁。

傑西

好了。

（他看了看四周，壓低聲音）

是啊，就是些理財建議和星座之類的無聊玩意兒。好了，找到了……P.S.：順帶一提，我這輩子享受過最棒的性愛發生在伯羅奔尼撒南部的某天晚上。別錯過了。那一次讓我的性福指數飆到了一個前所未有的新境界。

席琳

前所未有。太好了。

傑西

嗯哼，真不曉得那是什麼意思。

席琳

好了，傑西，這個蠢遊戲能不能結束了？我們不在你的故事裡面，好嗎？我之前在房間裡講的話，你聽到了沒有？你聽進去了嗎？

傑西

有，我聽到了——妳說妳不愛我了。我認為妳不是那個意思，但如果是，那就去它的吧。妳知道嗎？妳就跟我們兩個女兒和其他人一樣，希望活在童話裡。我只是想挽回一點局面，好嗎？我跟妳說我無條件愛妳，說妳很美，說妳的屁股到了80歲依然誘人。我是想逗妳笑，好嗎？我忍受妳一堆臭脾氣，妳要是覺得我像狗，永遠會回來找主人，那妳就錯了。但如果妳想要真愛——這就是了。這就是現實人生，不完美，但很真實。妳要是看不出來，那妳就是瞎子。好吧，我放棄了。

傑西將餐巾信揉成一團扔到桌上。之後兩人很久都沒有說話，只是偶爾
看一眼對方，彷彿在整理過去到現在發生的一切。

> 席琳
>
> 那架時光機呢？

> 傑西
>
> 什麼意思？

> 席琳
>
> 怎麼運作？

> 傑西
>
> 唔……很複雜。

> 席琳
>
> 脫光衣服才能操作嗎？

傑西心情轉變了。鏡頭開始緩緩拉遠，兩人繼續聊天。

> 傑西
>
> 是啊，沒錯。對，這個問題很實際，妳知道，衣服在時
> 空連續體裡穿梭不是很順利。

> 席琳（用漂亮蠢妞的語調）
>
> 哇，你好聰明。

> 傑西
>
> 哦，天哪。

席琳

時空什麼？

傑西

連續體。

席琳

「連續體」喔。

傑西

沒錯。

席琳

哇。

傑西

妳知道嗎，我一直在想一件事，關於妳寫的那封信。妳提到伯羅奔尼撒南部。這裡就是伯羅奔尼撒南部吧。

席琳

嗯？

傑西

妳覺得妳到80多歲依然念念不忘的，會不會就是今天晚上？

席琳

唔，今天晚上一定會精采到讓我們永生難忘。

鏡頭拉遠，傑西和席琳的對話聽不見了。兩人成為許許多多伴侶中的一對，在這美麗夜晚，於希臘海邊的桌旁閒坐聊天。

畫面淡出。